毒草芬芳

管弦·著

重慶出版集团 重慶出版社

图书在版编目（CIP）数据

毒草芬芳 / 管弦著. -- 重庆：重庆出版社, 2021.7
ISBN 978-7-229-15623-7

Ⅰ. ①毒… Ⅱ. ①管… Ⅲ. ①散文集－中国－当代
Ⅳ. ①I267

中国版本图书馆CIP数据核字(2020)第252357号

毒草芬芳
DUCAO FENFANG

管　弦　著

责任编辑　夏　添　王　娟
责任校对　李小君
装帧设计　刘　洋　肖　琴
插　　画　杨望舒

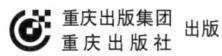

重庆出版集团 出版
重庆出版社

重庆市南岸区南滨路 162 号 1 幢　邮政编码：400061　http://www.cqph.com
重庆新金雅迪艺术印刷有限公司印制
重庆出版集团图书发行有限公司发行
E－MAIL：fxchu@cqph.com　邮购电话：023-61520646
全国新华书店经销

开本：889mm×1194mm　1/16　印张：13.75　字数：176千
2021年7月第1版　2021年7月第1次印刷
印量：1—5000
ISBN 978-7-229-15623-7
定价：68.00元

如有印装质量问题，请向本集团图书发行有限公司调换：023-61520678

版权所有　侵权必究

Poisonous
Flowers

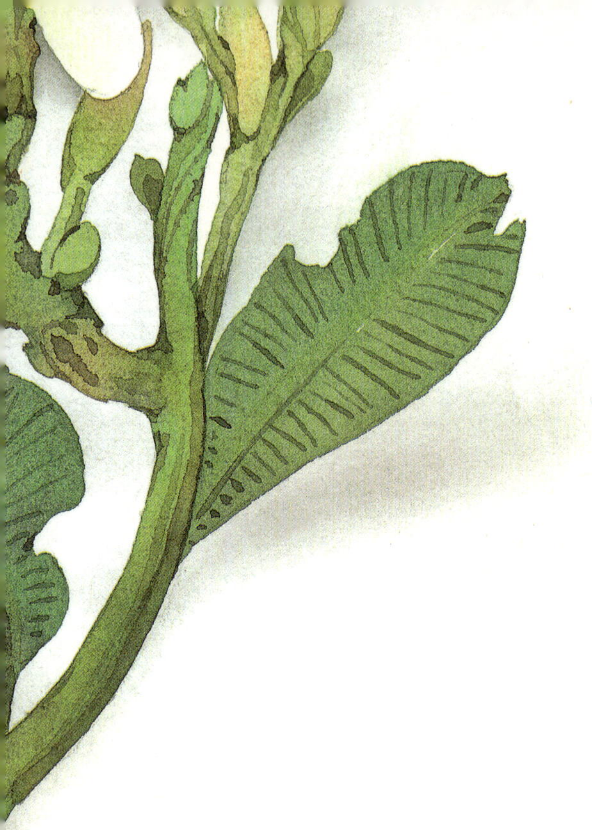

自 序

我依然想写一些有用、有趣的文字，这一次是有毒的药草。

这些自然界的植物，都是鲜活跳跃着的精灵儿。有的全株有毒，有的部分有毒，还有的只是有毒副作用。她们，或耳熟能详，或鲜为人知。而有毒，却不乏灵秀，常能治疗疾病；无闻，也不乏传奇，令人耳目一新。

每天，我都静静地注视她们。她们恣意纵横，潇洒快意，怀赤子之心，展无忧、无惧之态，将毒性、功效、形态、历史、文化等缀满我的笔端、飘盈我的纸上。她们的根、茎、枝、叶、花、果，都散发着热烈、瑰丽、奇异的光芒，迸发着磅礴的力量。

唯有心动，莞尔，再凝目眺向高处。总有莹莹亮光，款款汇聚，隽永，恒长，照向远方。

这依然是我挚爱的百草儿。她们给予我们的关怀、帮助、警示，都让我们足够震撼。对她们，要懂得、善待、合理规避、巧妙使用。世界，有了她们的陪伴，才精彩纷呈、别具魅力。

我依然深情地牵引着她们。她们也早已伫足在《光明日报》《人民日报（海外版）》《北京晚报》《文艺报》《散文（海外版）》《散文》等国家级、省级报刊和"学习强国"文化版、大自然版上，成为灵动的文字，或为首发，或为专栏，或为转载，或入选精品集。"毒草"系列选题，还获评2019年度中国作家协会和湖南省作家协会"定点深入生活项目"。

然后，我按照她们的毒性大小、作用、特征、品种等略做分类，形成"踯躅的脚步""曼陀罗之舞""毒箭木魅影""颠茄的光彩""含羞草密码"5个章节，领衔50篇文章，组成《毒草芬芳》这本书。

我相信，我亲爱的读者朋友们，都乐意认识她们，都愿意珍惜她们。她们是，只要看上一眼，就永远不会忘怀的朋友。

谨以此书，献上我深深的感恩和久久的爱。

是为序。

管弦

2021年7月

目 录

踯躅的脚步

这是与我们遥遥相望的精灵儿，好似立起的一面面长久的旗帜，在风中稳稳地飘着。马钱子、鸡母珠远远地隐在瑰丽的色彩中，宛若透过云层的霞光，照亮了一片又一片如画的江山。

马钱子 /3

乌头 /7

青黛 /11

蛇莓 /15

巴豆 /19

蓖麻 /23

踯躅 /27

半夏 /31

钩吻 /35

鸡母珠 /39

曼陀罗之舞

真是令人意乱神迷的花儿呀。摇曳在风中，也会吸睛无数。曼陀罗花，花烛飘来的微香，还仿佛远处高楼上渺茫的歌声。而我们只能站在原地，细细地听。

曼陀罗花　/45

罂粟花　/49

鸡蛋花　/53

石蒜　/57

马蹄莲　/61

绣球花　/65

花烛　/69

朱槿　/73

醉蝶花　/77

金花茶　/81

毒箭木魅影

这些清朗的树，独自美着。有的像毒箭木，开花结果；有的像雨树，枝繁叶茂。那花儿、果儿、叶儿，好看得令人很想捧进手心。可惜，有些好看的，就真是只能好好看看的。

见血封喉　/87

秋枫　/91

刺桐　/95

雨树　/99

槐　/103

皂荚　/107

乌桕　/111

苦楝　/115

楠木　/119

炮弹树　/123

颠茄的光彩

明眸善睐，顾盼生辉，是多么迷人啊。完美的颠茄、有趣的夹竹桃，就这样被喜气的光芒，洋洋洒洒地萦绕。那一抹光辉，生动、纯朴、恒久，只须我们，静静地记在心间。

颠茄　/ 129

东莨菪　/ 133

鸢尾　/ 137

夹竹桃　/ 141

辣木树　/ 145

紫贝菜　/ 149

吴茱萸　/ 153

曼德拉草　/ 157

马兜铃　/ 161

老荫茶　/ 165

含羞草密码

含羞草、铃兰引导的距离，是多么珍贵。如同穿过一个个安静恬淡的夜和万千岁月，终于等到隔岸的风。任风轻轻吹过，不留一丝涟漪。

雷公藤　/ 171

野芋　/ 175

芫花　/ 179

荨麻　/ 183

毒芹　/ 187

商陆　/ 191

米兰　/ 195

铃兰　/ 199

玛咖　/ 203

含羞草　/ 207

Poisonous Flowers

PART 1

踯躅的脚步

这是与我们遥遥相望的精灵儿,好似立起的一面面长久的旗帜,在风中稳稳地飘着。马钱子、鸡母珠远远地隐在瑰丽的色彩中,宛若透过云层的霞光,照亮了一片又一片如画的江山。

马钱子

Strychnos nuxvomica L.

马钱子，马钱科马钱属乔木马钱的种子，性味苦、温，有大毒，经过严格而专业的炮制和加工，能够通络止痛、散结消肿，使用时须严格控制剂量。

马钱子是谁？熟悉的人可能不会多。

而《虞美人》这首词，熟悉的人就会多了，这词儿是北宋时期南唐后主李煜在42岁生日时有感而作的。"春花秋月何时了，往事知多少。小楼昨夜又东风，故国不堪回首月明中。雕栏玉砌应犹在，只是朱颜改。问君能有几多愁，恰似一江春水向东流。"

温婉凄美的词儿，却是马钱子出场的前奏。作为亡国降主，李煜在宋太宗赵光义统治下苟且偷生，平日虽然常常以泪洗面，却并不敢过于流露情感，生日那天，也许是实在控制不住悲痛了吧。只是，这饱含怀念故国等意的词让宋太宗大为光火，他便以祝贺生日的名义，赐了一壶御酒给李煜，在酒里下了一种叫"牵机药"的毒药。从中毒症状和原理等情况来看，"牵机药"实际上就是马钱子。

就是这样，马钱子永远和李煜联系在了一起，以一种让人毛骨悚然的方式。

宋太宗是命弟弟赵廷美亲自送去的，赵廷美是李煜的忠实"粉丝"，和李煜关系很好。毫无心机的李煜在他走后，就喝下了这壶酒。很快，李煜觉得头痛头昏、呼吸急促、全身躁动不安，继而抽搐、项背痉挛强直、腰背反折、头项和下肢后弯而躯干向前如角弓状，至呼吸肌痉挛引起发绀、窒息、心力衰竭而死亡时，他的身体已经严重变形，形状和古代绷起的织布机相似。宋代学者王铚的《默记》记录了他的死状："前头足相就，如牵机状。"

所以，"状似马之连钱，故名马钱"的种子马钱子是令人惊骇万分的，"鸟中其毒，则麻木搐急而毙；狗中其毒，则苦痛断肠而毙。若误服之，令人四肢拘挛。"呈扁圆盘状的她是"马前食之马后死"啊。她又名番木鳖、苦实，有毒成分为番木鳖碱和马钱子碱等。马钱子中毒主要是作用于人体中枢神经系统，兴奋脊髓的反射机制和延髓中的呼吸中枢及血管运动中枢等。因为全身肌肉痉挛，还会有双目凝视、牙关紧闭等症状，导致临死前面部竟然显出一种类似笑的表情，诡异、狰狞。

这样的画面，仿佛电影中的恐怖镜头，撞到时不得不迅速闭上眼睛。一朝君子一朝臣，谁又知道谁呢？得意或失意，全在转念间。宋太宗算是酒中下毒的专业户了，后蜀末帝孟昶在投降北宋七日后暴亡、吴越国王钱弘俶在六十大寿当夜暴亡，以及他的哥哥赵匡胤这个宋朝开国皇帝在"烛影斧声"之夜突然驾崩，据文献记载都是宋太宗的下毒"杰作"。真似"十步杀一人，千里不留行。事了拂衣去，深藏身与名"。不知道那些毒药是不是也是马钱子呢？宋太宗也许早就想让李煜死了，《虞美人》也许只是一根导火索。只是，"恰似一江春水向东流"的悲哀寒凉，早已从古流至了今。除了唏嘘，还能怎样？

好在，很多毒物还能祛除疾病，苦、温、有大毒的马钱子归肝、脾经，经过专业的炮制和加工后，能够通络止痛、散结消肿，可用于风湿顽痹、麻木瘫痪、咽喉痹痛、跌仆损伤、痈疽肿痛、小儿麻痹后遗症、类风湿性关节痛等症的治疗。由此也可以看出马钱子的奇妙：致毒时，主要攻击肢体，使人角弓反张等；祛病时，也多扶助肢体，帮人解痉除痹等。爱与恨，全由她操纵，在同一形态上。

当然，马钱子的毒性，哪怕经过各种加工，也依然存在。因此，用于炮制马钱子的辅料等物品，一定要专用，不得用于炮制其他药材，在炮制过程中刮下的皮毛碎屑，也必须立即烧掉，不得随意处理。因病服用时更需小心谨慎，例如内服一般从小剂量开始，逐渐加量，一次的用量要控制在6毫克以内,加量至患者感觉肌肉有一过性的轻微颤动方为有效,而且,这种反应一出现,也表明绝对不可再加量了。

这就是江山易改,本性难移啊。也好似李煜的文人性情,无论是坐江山时,还是失江山时,都是改不了的。只是不知,李煜生前是否见过马钱子呢?

而蕴藏马钱子的马钱,也还是美的。夏天,她会开出明艳的黄花;秋天,她会结出类似圆球形的果实,果实生青熟赤。那黄、绿、红的色彩,随着时空,交相辉映,宛若透过云层的霞光,照亮了一片又一片如画的江山。

乌头

Aconitum carmichaeli Debx.

乌头，毛茛科乌头属草本植物，性味辛、苦、热，有大毒，经过严格而专业的炮制和加工，可以祛风除湿、温经镇痛、强心。

冷兵器时代，暗器原是正派兵器，只是，被人涂上毒，就让人瞧低了。也可以说，毒药一涂上暗器，就把暗器拖累了。拖累暗器的植物毒药中，最有名的是乌头。

和乌头亲密接触，"飞鸟触之堕，走兽遇之僵。""煎为药，敷箭射人即死。"真是令人惊悚的场面。春秋末期鲁国史官左丘明著的《左传》记载的"骊姬之乱"中，更是让人详细看到她的毒性。"谓公祭之地，地坟；与犬，犬毙；与小臣，小臣亦毙。"作为古代四大妖姬之一的骊姬，与妹喜、褒姒、妲己并列，她本是骊戎首领的女儿，公元前672年被掳入晋国成为晋献公的妃子，为了让自己的儿子继位，她使计离间了晋献公与申生、重耳、夷吾父子兄弟之间的感情。她"置毒事"把乌头下在酒肉里献给晋献公，以陷害太子申生。晋献公洒酒祭地，地上的土凸起成堆；拿肉给狗吃，狗被毒死；给宫中小臣吃，小臣也死了。

多么的恐怖。难怪乌头又被三国时期医药学家吴普称为"毒公"。乌头的中毒反应通常发生得很快，中毒者会出现面色苍白、流涎出汗、恶心呕吐、胸闷以及口舌、手足、全身发麻、痉挛等症状，继而造成呼吸困难、血压下降、体温不升、心律紊乱、神志不清、昏迷，以至循环、呼吸衰竭而亡。

乌头的毒效，就是这样强烈而迅速。乌头有草乌头和川乌头之分。川乌头多为种植，多生于蜀地，她的子是附子，取"附乌头而生者为附子，如子附母也"之意，还有天雄、乌喙、侧子也是她的子。草乌头多为野生，其毒性比川乌头的毒性更大。取草乌头的汁，涂抹于兵器上，射禽兽或人，即死，所以她的煎汁被称为射罔。明代医药学家李时珍在《本草纲目》中将其中意思说得很清楚："乌头有两种：出彰明者即附子之母，今人谓之川乌头是也。春末生子，故曰春采为乌头。冬则生子已成，故曰冬采为附子。其天雄、乌喙、侧子，皆是生子多者，因象命名；若生子少及独头者，即无此数物也。其产江左、山南等处者，乃本经所列乌头，今人谓之草乌头者是也，故曰其汁煎为射罔。"

因此，江湖传言中拖累暗器的毒药乌头，更确切地说应该是射罔，据传在中国上古时期和西方古罗马时期，她就经常被使用在狩猎活动中。东汉末年的时候，一代名将关羽在一场战争中中的乌头毒，也是射罔毒箭所致。当时，关羽请来医药学家华佗为自己拔箭刮骨疗毒，治疗过程非常痛苦，但关羽毫无畏惧，自始至终与他人谈笑风生，展示了硬汉风采。面对乌头的毒性，关羽完胜，可见关羽健壮的身体、坚强的意志以及华佗高超的医技。在华佗和关羽面前，再看乌头，强强相遇时的生死较量，竟令人心生敬意。

乌头的花语也果然是代表和象征着敬意的。她很漂亮很有型。春光明媚的时候，她开着紫色的花，以神秘而高贵的色彩荡漾在和风中。小茎初生时有脑头，状如乌鸟之头，这不仅是她名字乌头的来历，还因为含有头首之意而让人敬重。

在这样的敬意里，乌头的毒便有了毒的用处。虽然，中国现存最早的药物学专著《神农本草经》将乌头列为"下品"，下品为佐、使，主治病以应地，多毒，不可久服，可除寒热邪气，破积聚，愈疾。故而"下品"也是可用的，关键在于辨证准确、用量适度。把乌头用特殊而专业的方式进行炮制和加工后，可以祛风除湿、温经止痛，她的强心作用甚至可以"回阳救逆"。清代医药学家杨时泰说："草乌之类，洵为至毒之药，先圣用毒药以去病，盖期于得当也。如草乌辈用之，必须陈寒痼冷，是以相当。"每用到乌头，有经验的医家还会配上甘草、生姜、白芍、绿豆等来克制或减弱她的毒性，以防万一。

所以，当乌头出现，我们会看见，一股骁勇悍烈之气迅猛掷来，所到之处，均掀风鼓浪。人们只要认识了她，就不会忘记她。

青黛

Indigo naturalis

青黛，蓝草的叶或茎加工而成的干燥粉末、颗粒、团块，多用十字花科菘蓝属草本菘蓝、蓼科蓼属草本蓼蓝、爵床科板蓝属草本马蓝、豆科木蓝属灌木木蓝的叶或茎，性味寒、咸，有小毒，正确并对症使用，可以清热解毒、凉血消斑、泻火定惊。

真喜欢青黛这个名字。当嘴唇轻动,青黛唤出,那深沉的青黑之中,便透出灵动的清白,宛若寂寂黑夜里,扬起了月亮的清辉。

"黛眉"一词,也源于此。唐代诗人李白《对酒》中的"青黛画眉红锦靴,道字不正娇唱歌"、唐代诗人白居易《上阳白发人》中的"小头鞋履窄衣裳,青黛点眉眉细长",都让我们看到那娇羞黛眉,在清香纯朴、亭亭玉立的女子脸上生动地凝着,螓首蛾眉,肤如凝脂,巧笑倩兮,美目盼兮。

青黛之美,就美在和蓝相融相合的时光里。

蓝即蓝草,是可以制造提取蓝靛染料、用于染布的多种植物的统称。明代医药学家李时珍把蓝说得很详细:"蓝凡五种,各有主治,唯蓝实专取蓼蓝者。蓼蓝:叶如蓼,五六月开花,成穗细小,浅红色,子亦如蓼,岁可三刈,故先王禁之。菘蓝:叶如白菘。马蓝:叶如苦荬,即郭璞所谓大叶冬蓝,俗中所谓板蓝者。二蓝花子并如蓼蓝。吴蓝:长茎如蒿而花白,吴人种之。木蓝:长茎如决明,高者三四尺,分枝布叶,叶如槐叶,七月开淡红花,结角长寸许,累累者如小豆角,其子亦如马蹄决明子而微小,迥与诸蓝不同,而作淀则一也。"在白色或偏米黄色的棉布、麻布上,和上蓝的汁液,印染上深深浅浅的靛蓝色图案,那蓝和布,就开始了一段崭新的岁月,有了一个新的身份:蓝染布。

青黛的本质,也是蓝,她是用蓝的叶或茎加工而成的干燥粉末、颗粒、团块,多用菘蓝、蓼蓝、马蓝、木蓝的叶或茎。李时珍记载了从蓝草中提取蓝靛和青黛的过程:"南人掘地作坑,以蓝浸水一宿,入石灰搅至千下,澄去水,则青黑色。亦可干收,用染青碧。其搅刈浮沫,掠出阴干,谓之靛花,即青黛。"蓝靛亦作蓝淀,可以"止血杀虫,治噎膈"。

大约在中国明代以前,菘蓝和蓼蓝是制造蓝靛的主要原料之一,当时，菘蓝中含有的菘蓝贰比蓼蓝中含有的靛贰更容易水解，菘蓝制靛比蓼蓝等其他蓝草更为普及，明代之前的典籍甚至有"蓼蓝不堪为靛"之说。后来，人们发现，经蓼蓝印染后的布料不易褪色，马蓝、木蓝的印染效果也不错，蓼蓝、马蓝、木蓝也被广泛应用了。

单说蓼蓝，熟悉的人可能不多，而说到"青出于蓝"这个成语，熟悉的人就会多了。青是从蓝草里提炼出来的，但颜色比蓝更深，比喻学生超过老师或后人胜过前人，出自战国后期赵国思想家、教育家荀况的《劝学》："青，取之于蓝，而青于蓝。"青是靛青这种染料，蓝是蓼蓝。

马蓝让大家记住的，则是"板蓝"这个名字。马蓝在"五蓝"中叶子较大，她和她的根都被称为板蓝根，果实为中药蓝实。她的根、叶、茎可以入药，有清热解毒、杀菌消炎、凉血消肿等功效，不过，板蓝根性寒味苦，服用过多会伤及脾胃，还容易导致皮肤过敏等不良反应，严重时会引起过敏性休克，甚至危及生命。

相比蓼蓝、马蓝，木蓝不太为人所知。性寒味微苦的她，叶、茎、根都可作药用，有着与板蓝根类似的功能，稍稍偏重于止血消炎，但总体功效比不上板蓝根。和板蓝根一样，木蓝也需要谨慎使用。

青黛，则是更要小心对待的。青黛性寒味咸、有一定毒性，体质虚寒、脾胃不和、风寒及阴虚感冒、有过敏史者不适合使用，这一点也和板蓝根类似。青黛中毒后主要产生胃肠道黏膜受刺激的症状，其次表现为骨髓抑制、血小板下降、肝功能受损等，各种症状严重时会有生命危险。当然，青黛治疗疾病的作用也很强大，能够清热解毒、凉血消斑、泻火定惊等，可以"去热烦，吐血咯血，斑疮阴疮，杀恶虫"。

于是，蓝，真是值得采摘的。那么，就让我们在小暑和白露这两个节气前后，提上一只大竹篮，把蓝采起来吧。那样的采蓝光景，飞扬着生动、活泼与舒朗。远处，一首清远飘渺的歌儿柔柔响起，缓缓飘落在竹篮里的蓝草上。那蓝，便和着歌声，轻轻飞进心窝。

采蓝，在古代有时还和思念有关，《诗经·小雅·采绿》中的"终朝采蓝，不盈一襜"，就溢满了这样的如水情怀：采摘蓝草花费了一个早晨的时间啊，兜起衣裳来盛还是盛不满。那采蓝女子是借助采蓝，来委婉地表达对丈夫的思念啊。蓝，别有一番风情。想象着，蓝经过自己的手，变为蓝染布，画成黛眉，成为自己思念的人儿眼中的光，并随着岁月，变得越来越柔和与软绵，该是多么深情。

而无论是染成蓝染布，还是画成黛眉，青黛都有着不可预测的美。尽管用来印染、描画的只是一种蓝色，但因为染水、温度、湿度、手法、氧化程度等因素的影响，布面上或定妆后会有无穷的变化，就像世界上不会有两枚一模一样的树叶一样，每一款青黛成色都是独一无二的。经青黛染色的布料更为结实、画出的眉色也更不容易脱落。而且，这来自蓝草的天然色素还有防止紫外线、保护皮肤等作用。当皮肤长了风团、有瘙痒和微微刺痛时，穿上蓝染布衣，不适症状便会慢慢消失；把青黛和绿豆、薏苡仁、梅子等研磨成粉，加入适量清水调成薄糊状，敷涂于脸上，可以美白祛痘、消炎控油。

最喜欢看的，还是蓝染布制成前晾晒在院子里的模样儿。那时，她被高高地挂在长长的竹竿上。有时，是全蓝，温润沉着；有时，是蓝白相间，白的纯净，蓝的深厚。她们一律在风中稳稳地飘着，好像一面长久的旗帜。人在旗下行走，开成一朵俏雅的花。

青黛，隐在那一派宁静、平和、从容之中，笑靥如花。

蛇莓

Duchesnea indica (Andr.) Focke.

蛇莓，蔷薇科蛇莓属草本植物，性味大寒、甘、酸，有毒，经过严格而专业的炮制和加工，可以清热凉血、解毒消肿。

蛇莓的收放自如，是令人惊讶的。

常常是一场春雨过后，她猛地从地里冒出来了，那鲜红的宛若杨梅大小、草莓形状的果儿，携着嫩绿的叶，带着细柔的茎，静静地匍匐在山坡、草丛、道旁、田边，瞬间占据了我们的眼。而我们的目光还没来得及被焐热，也就是一阵春风吹过吧，春天的花儿还没开完呢，她又突然消失了，不知去了哪儿，不知怎样消失的，她盛开过的那片土地上，竟没有留下她的一丝踪迹，好像她从来没有来过。

我常常暗自揣度，这是不是跟她名字中的"蛇"有关啊，仿佛蛇一般，要么盘曲安静、淡然而立，要么宛转迅猛、难见影迹。明代医药学家李时珍对"蛇"作的字面解释就是："蛇字，古文象其有宛转盘曲之形。"蛇确实是经常出没于蛇莓生长地、光顾蛇莓的。有一年春天，我发现在一个蛇莓生长过的小土坡上，赫然露出一个小洞，洞口边微微弯曲着伸出来的，是一小截蛇蜕。我吓得连忙后退，幸亏当时四周没有蛇。蛇蜕，是蛇蜕下的壳，又名蛇壳、龙退、龙子衣、弓皮，"蜕音脱，又音退，退脱之义也。"蛇莓的果实和叶子上，还常常会留有蛇爬行或舔食时残留的唾液或分泌物，那唾液或分泌物一般是白白的、带着泡沫、看起来黏糊糊的，常常在日照作用下，闪出一种特殊的光，有几分骇人。

蛇莓和蛇，果然有着密切关联。也许，在长久的厮守与磨合中，蛇莓与蛇之间早就滋生了相同的个性。难怪她的称呼除了蛇莓之外，还有蛇泡、蛇葡萄、蛇枕头、蛇残莓、蛇果藤、蛇蛋果、蛇婆等，全都荡漾着纯朴而绵长的情感，犹如蛇的温柔乡，好似与蛇生出了缱绻的情感。据说，中国民间爱情传说《白蛇传》中的蛇精白素贞，就很爱吃蛇莓。哪怕千年等一回，在凡间遇上真爱、不惜化成人形、成为凡人许仙的白娘子，她也依然会在蛇莓熟透漫山遍野的时候，寻去那里，与蛇莓相拥相吻，收蛇莓入心入腹。那一年等一回的相见，也是令白娘子满心期待、满怀欢喜的。据传，民间之所以有人觉得蛇莓是野生植物、可以当作水果一样来食用，也或多或少跟白娘子吃蛇莓的传说有关。当时，人们看到的是白娘子人形，不知道她是蛇，一个婀娜多姿的女子把蛇莓吃得这么热火朝天，也着实容易让人以为蛇莓是美味可食的，蛇莓可食就在民间慢慢流传开了。

实际上，蛇莓肯定是人类不能直接食用的，其原因不仅仅是蛇莓的口感并不好，有些酸涩和粗糙，也不仅仅如元代医药学家吴瑞所说："人不啖之，恐有蛇残也。"而是作为蔷薇科蛇莓属草本植物，蛇莓的全草是大寒、甘、酸、有毒的，在中国历代医家陆续汇集而成的医药学著作《名医别录》中，蛇莓被列为下品。大量食用蛇莓，会出现头晕、呕吐、腹泻等中毒症状，如果不及时抢救，会危及生命。脾胃虚弱和过敏体质的人，更应该远离蛇莓，否则中毒的概率更大。蛇莓那表面凹凸不平的果实还容易沾染各种病菌、寄生虫等，很难清洗干净，感染致命病菌也会中毒。

所以，世间之事，并不是人们看到的那么简单。貌美如花的白娘子和艳丽可爱的蛇莓相依相偎徜徉在春意盎然之时的画面，只适合欣赏陶醉，不适合盲目效仿。南朝宋齐梁时期医药学家陶弘景也早就说过："蛇莓园野多有之。子赤色极似莓子，而不堪啖，亦无以此为药者。"不过，蛇莓也不是不能入药，虽然，她是下品，但是，下品为佐、使，主治病以应地，多毒，不可久服，可除寒热邪气，破积聚，愈疾。蛇莓的茎、叶、根、果实都可以入药，鲜品和干品都行，只要严格炮制、恰当使用，就可将蛇莓清热凉血、解毒消肿、活血散瘀、收敛止血的功能，充分发挥出来：洗净用清水煎煮内服，可以治疗热病惊痫、咽喉肿痛、咳嗽吐血、黄疸性肝炎、细菌性痢疾、阿米巴痢疾、肿瘤等症；洗净捣烂和着汁液外敷或阴干研成粉末撒布，可以杀灭孑孓及蝇蛆，治疗蛇虫咬伤、腮腺炎、带状疱疹、湿疹、疔疮痈肿等。

这么多的药用价值啊。透过这些价值，我们终于发现，治疗毒蛇咬伤这一项最为亮眼，它让蛇莓与蛇之间，散发出簇新的意味，衍生了独特的魅力。可以成为蛇的美食，也可以成为蛇毒的克星，这是多么奇妙的相爱相杀。蛇莓，这样精致小巧的植物，是怎样一个神奇的存在啊。

恍惚中，我忆起蛇莓一个不常用的名字：蛇不见。历经等待、缠绵、美味、防毒、治毒之后，蛇莓与蛇之间，是蛇不见了？还是蛇莓不见了？抑或是蛇莓与蛇互不相见了呢？原来，终究是一场空啊。

当然，被称为"蛇不见"的还有鸢尾科鸢尾属草本植物鸢尾，味苦、性寒的鸢尾的功效和蛇莓有相似之处，可以清热解毒、散瘀消肿，也可以主治毒蛇咬伤、痈肿疮毒等。只是，蛇莓被唤为蛇不见，更能直抵我们的内心深处，触发隐秘的柔软与温情。因为，蛇莓与蛇，分明是相爱的。爱，总是令人感动。

也许，有一种相爱，必须和相杀牵手，才能一起相伴走天涯。那么，这样的爱，是更加深厚的，还是更显凉薄的呢？

我不知道。

我只能选择在春暖花开的时候，等待蛇莓，让她在我的眼中，飘然而来，悄然而去。就像看见传说中白娘子仙气袭人的笑脸，你只能记在心间，不能深拥怀中。

巴豆

Croton tiglium L.

巴豆，大戟科巴豆属灌木或小乔木巴豆树的干燥成熟果实，性味辛、热，有大毒，经过严格而专业的炮制和加工，能够峻下积滞、豁痰利咽、逐水蚀疮。

"巴豆未开花，黄连已结籽。"

每年3月至5月，巴豆花还没有开放，黄连就已经结籽了。这样一句描述巴豆、黄连生长季节的俗言俚语，潜藏的含义是：那时刚好可以用黄连解巴豆之毒。巴豆有毒，亦由此可知。

现代影视作品里，常出现巴豆被拌在食物中下毒的桥段。古代用巴豆拌饭致人死亡的实例更是不少。对于巴豆的作用，古人早已熟知。在民间，在宫廷，用巴豆开展你死我活的斗争，不见硝烟，也堪比荷枪实弹，没有半点含糊。

巴豆毒性之大，超乎一般人的想象。明代医药学家卢之颐撰写的《本草乘雅半偈》，引用东汉学者许慎编撰的中国第一部分析汉字字形和考究字源的字书《说文解字》中的部分内容，说巴豆和中国古代神话传说里吞食大象的有毒巨蛇一样有大毒："巴，蛇名。许氏云：巴蛇吞象，捷取巧嗜，糜溃有形，性之至毒者也。谓巴豆之荡练藏府，开通闭塞，毒烈之性相类尔。"巴豆不仅仅可致人腹泻，孕妇食后还可致流产，一般人仅服用巴豆种仁提炼的巴豆油都会有致命危险。作为大戟科巴豆属灌木或小乔木巴豆树的干燥成熟果实，巴豆是中国植物图谱数据库收录的有毒植物，她全株有毒，种子毒性相对更大。过量服食巴豆会引起口腔、咽喉、食道烧灼感，同时流涎、恶心呕吐、腹部剧痛、剧烈腹泻，严重者呕血、便血、眩晕脱水、呼吸困难、痉挛昏迷，最后会因急性肾功能衰竭或循环、呼吸衰竭而亡。

巴豆的峻猛性情，也早被我们非常熟悉的人物猪八戒说清楚了。在中国古典长篇小说《西游记》第69回"心主夜间修药物，君王筵上论妖邪"中，面对准备用巴豆给朱紫国国王治病的孙悟空，猪八戒特别提醒道："巴豆味辛，性热，有毒；削坚积，荡肺腑之沉寒；通闭塞，利水谷之道路；乃斩关夺门之将，不可轻用。"

想那憨憨呆呆的猪八戒，能够一本正经地说出这么专业而严肃的话，着实令人忍俊不禁。而我们更要佩服的，是明代作家吴承恩的博学多才，他把对巴豆的了解，借猪八戒之口，阐述得如此清晰明了，真是堪比医药学家。

巴豆确实是不能轻易使用的。中国现存最早的药物学专著《神农本草经》将她列为下品，下品为佐、使，主治病以应地，多毒，不可久服，可除寒热邪气，破积聚，愈疾。使用下品，须得辨证准确、用量适度。

"巴豆不可轻用"，还制造过经典笑话。

据说有一个江湖医生，有一次给病人治病用了一斤巴豆。第二天，病人死了。病人的父亲拖着这医生去打官司。法官问医生："你用药时看过医书吗？"医生答："正因为看了医书，才用了巴豆。"法官又问："医书上怎么写的？""医书上写着'巴豆不可轻用'。"法官生气了："叫你不要轻用，你为什么竟用了一斤？"医生振振有词："巴豆不可轻用，就是说要重用，所以我才用了一斤。"

敢用一斤巴豆，实在生猛异常。那神通广大、无所畏惧的齐天大圣孙悟空，在给已患顽疾三年的朱紫国国王用药时，都只敢用一两巴豆，"去壳去膜，捶去油毒，碾为细末"之后，加上一两大黄和少许锅灰、马尿等配药，还只能搓成丸子大小。连猪八戒都说："只有核桃大。若论我吃，还不够一口哩！"

孙悟空无疑是充当了神医的角色。《神农本草经》说巴豆主治"伤寒温疟寒热，破癥瘕结聚坚积，留饮痰癖，大腹，荡涤五脏六腑，开通闭塞，利水谷道，去恶肉，除鬼毒蛊疰邪物，杀虫鱼。"朱紫国国王正有寒邪食积、烦满郁结、胸腹胀痛、大便带血等症，孙悟空是对症巧用"下品"巴豆，可谓得心应手。

被使用得恰到好处的本草儿，与使用者之间都会有着隐隐约约的缘分。那巴豆，也一定在山谷、旷野、溪边、密林之中，以绿色的椭圆形的灵巧样儿，迎送过那一众西行路上艰难跋涉的使者，于天涯海角，开出过朴实的花，结成过微黄的穗。

只是，我们仍然要小心，不要因为巴豆的模样儿好看有趣，就去随意亲近她。抚摸巴豆的叶子和外壳、手剥巴豆壳、接触巴豆油都可能引起皮肤产生烧灼感、长出脓疱状皮疹等。巴豆油入眼，可致结膜、角膜发炎。吸入巴豆蒸气，会产生胃肠道不适。巴豆的种仁，更是不能随意接触，那是最有可能引起中毒的。不要以为，有"黄连可解巴豆毒"之说，就放松了警惕。解毒，总会有一定的局限性。若巴豆中毒，应快速送往医院，及时采取卧床休息、大量吸氧、冲洗、催吐、洗胃、输液、输血等一系列中西医结合抢救措施。服用黄连汁、用黄连汁涂搽皮肤红肿灼痛处等，只是其中最简单的一项处理方法，适合在中毒初期或病情较浅时使用。黄连解巴豆毒，不是尚方宝剑。

保持距离，谨慎相待，应该是我们和巴豆之间的约定。

蓖麻

Ricinus communis L.

蓖麻，大戟科蓖麻属草本或草质灌木，性味平、苦、辛，有毒，一般作外用，若需内服，须经过严格而专业的炮制和加工，可以消肿、拔毒、开窍。

谍战类影视剧中，常常可以看到这样的桥段：在公众场合，一个人带着一把伞走着，经过其他人时，伞尖看似非常无意地轻轻触碰到另外一个人。没过几天，这被碰的人就不在人世了。死因诊断也许会是这被碰的人突发了脑血栓、心肌梗死之类的疾病。那伞，是常常被忽略的。

实际上，这样的场景源于现实。那伞不是一把普通的伞，伞尖上藏有含蓖麻毒蛋白、蓖麻碱等蓖麻毒素的剧毒药，按动伞柄上暗设的开关，可以把蓖麻毒素迅速地注射进目标人物体内。1978年9月的某一天早晨，英国伦敦的国际间谍人员用这样的伞行刺。被刺人员当时只觉得右腿上突然掠过一阵尖锐刺痛，好像被蚊子叮了一下。很快他发现腿上多了一个红色包块。当晚，他出现恶心呕吐、腹痛腹泻等症状。医生采用常规方法治疗，不见任何效果。几天后，他在医院里痛苦去世。尸检发现，他腿上的那个包块里，有一个亮晶晶的直径约为1.7毫米的钯铱合金制成的小球，球上穿了一个孔径约0.35毫米的孔道，孔道里残留了蓖麻毒素，两端被一层糖衣巧妙覆盖。当小球射入人体，糖衣在体温下融化，蓖麻毒素即释放出来。蓖麻毒素只要穿过皮肤进入血液，就很容易损伤肝、肾等器官，致其出血、变性、坏死等，并凝集和溶解红细胞，抑制和麻痹心血管、呼吸中枢，最终导致死亡。

真相，令人汗毛耸立。蓖麻毒素主要存在于大戟科蓖麻属植物蓖麻的种子中。性味平、苦、辛的蓖麻，就这样变成了谋杀案里的主角。

回想起来，蓖麻，曾是我们小时候的玩具之一，她是多么灵巧、多么生动啊。记得那时，我们常常爱摘下她的茎叶，带着她那有软刺的球形蒴果，奔跑在天地间。有的小伙伴还爱把蒴果那有软刺的球形外皮剥开，把里面的蓖麻子拿出来把玩。那有着淡褐色或灰白色斑纹、斑点的椭圆形种子，在小伙伴的手心里闪着润滑和顺的微光。还有的小伙伴用细铁丝把蓖麻子穿起来，将蓖麻子用火点燃，让她变成燃起的火串。星星点点的火串，被一双双小手儿摇划成无数灿烂变幻的图案，在天空中飘荡闪烁着，火串中传来的蓖麻子"扑哧、扑哧"的细小短促的爆炸声，也宛若天籁之音。

那时的我们，是不知道蓖麻有毒的，更想不到她最具毒性的是种子，其次是叶儿。无知而无畏，带来的，竟然是有趣而有味的时光。记忆，在回味中丰盈。只是，如果那时生食过蓖麻子，那么，现在的回忆，就会非常痛苦了。

这也是蓖麻的毒性表现得很有意思的地方：生食蓖麻子可致中毒，有致命危险；而用蓖麻子榨成的蓖麻油，虽然不能食用，却也不会让人轻易中毒。这也许是因为蓖麻毒蛋白、蓖麻碱这些毒素在加工过程中被破坏的缘故吧。明代医药学家李时珍是蓖麻的知音，他巧妙地使用过她："一人病手臂一块肿痛，亦用蓖麻捣膏贴之，一夜而愈。一人病气郁偏头痛，用此同乳香、食盐捣熁太阳穴，一夜痛止。一妇产后子肠不收，捣仁贴其丹田，一夜而上。"蓖麻油也被他用得恰当："蓖麻油能拔病气出外，故诸膏多用之。一人病偏风，手足不举。时珍用此油同羊脂、麝香、鲮鲤甲等药，煎作摩膏，日摩数次，一月余渐复。兼服搜风化痰养血之剂，三月而愈。"他还特别说明："此药外用屡奏奇勋，但内服不可轻率尔。"若因病不得不服用蓖麻，那蓖麻也得是经过"以盐汤煮半日，去皮取子研用"等复杂程序处理过，用于开通诸窍经络，治疗偏风、失音口噤、口目㖞斜、头风七窍诸病。而且，"凡服蓖麻者，一生不得食炒豆，犯之必胀死"。

服了蓖麻，便一生不能再食炒豆，这种禁忌的原因是什么，我查找了很多医药学书籍和资料，都没有找到答案，我猜想也许就只是药食配伍禁忌吧。蓖麻的趣味有时就是这样无法解释的，有时又令人忍俊不禁。东晋道教学者、炼丹家、医药学家葛洪在《肘后备急方》中说："产难，取蓖麻子十四枚，每手各把七枚，须臾立下也。"女子生产困难的时候，手握蓖麻子，胎儿便立即生下来了，真是好呀。明代医药学家李中梓撰写、钱允治增补的《雷公炮制药性解》也说："蓖麻子善主催生、捣膏敷脚板。"《海上集验方》更是把蓖麻子治难产及胞衣不下这一作用说得详细："蓖麻子七枚，研如膏，涂脚底心，子及衣才下，便速洗去。"想来，古代女子一定这样得到过蓖麻子的恩惠，现代人可能很少如此了。

没有生食过蓖麻子，无论怎么说，都是一件幸运的事情啊。

而蓖麻，其实就是一颗颗精良的子弹。中国古代医药学家审慎而温柔地对待着她，把她射向各种病灶，所到之处，相关病症灰飞烟灭。相比后来，蓖麻成为伞尖行刺案等间谍情报人员或恐怖分子进行暗害活动的毒剂武器，治病救人的蓖麻也许更具温情。

在不同的时代里，被不同的形势把握、挟持着，飞向不同的方向，成为蓖麻命运中无法选择和改变的一部分。然而我们，却只是唯愿蓖麻，在山野中，迎着阳光，缓慢而自在地绽放笑脸，丰富那永不再来的年少时光。

踯躅

Rhododendron molle (BL.) G. Don

踯躅,杜鹃花科杜鹃属落叶灌木,性味辛、温,有大毒,经过严格而专业的炮制和加工,有祛风除湿、镇静止痛、平喘杀虫之用。

要说杜鹃花有毒,人们好像都不太愿意相信。

想那杜鹃花,在春光烂漫的时候,带给人们多少欢愉啊。漫山遍野,都被她红艳艳的身影映红了,真的是"映山红"。她几乎是人们外出踏青必念必看之物。人们常常会采摘她,放在家里,养上一些时日。她的到来,让春天开满心田。

可惜,她真的是有毒的,根、叶、花都有毒。若不小心食用了她,就可能会出现恶心、呕吐、头昏、出汗、心悸、心动过缓、皮肤发红、平衡失调等症状,儿童服食多量鲜花还常常会有鼻衄、头晕等中毒症状。

相比她家族中的另外一个杜鹃花科植物羊踯躅,她的毒性还不算是最大的。羊踯躅毒性之大,单看名字就可见一斑,名字都散发出毒性的光辉啊,也就是说羊儿要是吃了她,就会流涎、呕吐、步态蹒跚、徘徊不前,似踯躅状,慢慢倒地而死,"羊食其叶,踯躅而死"。羊踯躅高1米左右,枝叶的位置也正好适宜羊啃食。当然,成熟老到的羊见了她,不但不会食用,反而还会绕道而行;只有一些不知深浅的幼小羊和饥不择食的成年羊,才会去啃食她。从特点上来说,羊踯躅又叫闹羊花、惊羊花、羊不食草。闹羊花的"闹"是乱的意思,南朝宋齐梁时期医药学家陶弘景说:"闹当作恼。恼,乱也。"从外貌上来说,羊踯躅还叫黄踯躅、黄杜鹃、黄色映山红。她的黄色,让她与我们常见的红色杜鹃花(映山红)区别开来。

因此,性味辛、温并有大毒的羊踯躅,被中国现存最早的药物学专著《神农本草经》列为"下品",下品为佐、使,主治病以应地,多毒,不可久服,可除寒热邪气,破积聚,愈疾。虽然作为"下品",羊踯躅可祛风除湿、镇静止痛、杀虫平喘等,内服能治风湿顽痹、伤折疼痛、顽痰气喘等症,外洗能治疥癣等症,还是手术麻醉常用药,但是,对于她,不要轻易使用，而且，必须严格控制使用量，连续服药时间不宜过长。若过量或服用过久引起的中毒症状是很严重的，轻则恶心、呕吐、腹泻、心率减慢、血压下降、动作失调、呼吸困难，重则因呼吸停止而死亡。

看到这儿，我们不得不相信杜鹃花有毒了。真相面前，我们都无能为力。杜鹃花不但有毒，还有与生俱来的犹疑和沉重，她被统称为踯躅，红色的叫红踯躅，黄色的叫黄踯躅。唐代诗人白居易的"晚叶尚开红踯躅，秋芳初结白芙蓉"和清代诗人赵翼的"一枝踯躅赠留贻，老瓦盆经手泽滋"说到她时，尚且只算惆怅，不算悲伤。而北宋文学家苏轼的"枫林翠壁楚江边，踯躅千层不忍看"和现代诗人郭沫若的"声是满腹乡思，血是遍山踯躅"，悲伤的色彩就浓了。

特别是杜鹃花和杜鹃鸟连在一起的时候，凄切的感觉就强烈了。

据说，杜鹃花是由杜鹃鸟啼血而成的。西汉文学家扬雄撰写的《蜀王本纪》说："杜宇为望帝，淫其臣鳖灵妻，乃禅位亡去。时子规鸟鸣，故蜀人见鹃鸣而悲望帝。"君王淫占臣子之妻，抱有羞愧，便禅位归隐。只是他逝去后舍不得离开自己的子民，灵魂化作一种鸟，名叫"杜鹃鸟"，常常悲切地叫唤着"不如归！不如归！"直叫得口吐鲜血。血滴在一种黄色的花儿上，把黄花染成了红色。蜀人闻杜鹃啼鸣忍不住想起杜宇在位时的好，为了纪念他，便把被染红的黄花称为"杜鹃花"，又因"其鸣若曰不如归去"，杜鹃花也叫子规。

南唐诗人成彦雄诗云："杜鹃花与鸟，怨艳两何赊。疑是口中血，滴成枝上花。"当时，杜鹃花都是黄色的，即黄踯躅。杜鹃鸟一边盘桓一边啼血，导致有的黄踯躅被洒上了血，由黄踯躅变成红踯躅，有的没有被洒到血，依然是黄踯躅。且那传说中啼出的血，因为过于哀切凄厉，便衍生了毒性，染过血的花，被"以毒攻毒"后，毒性减弱，红踯躅的毒性就没有黄踯躅的大了。

不过，说杜鹃鸟啼血，其实只是她的口膜上皮和舌头颜色鲜红而已，现实生活中，她并不啼血。但是，杜鹃鸟还是变得颓唐了。南北朝梁时期学者宗懔撰写的有关楚地岁时习俗之笔记体文集《荆楚岁时记》说："杜鹃初鸣，先闻者主别离，学其声令人吐血，登厕闻之不祥。"南北朝宋时期学者刘敬叔撰写的志怪小说集《异苑》也说："有人山行，见一群，聊学之，呕血便殒。人言此鸟啼至血出乃止，故有呕血之事。"听到杜鹃鸟叫唤会遭遇别离之事，模仿杜鹃鸟发声会呕血而亡，也许只是传闻，但人们还是害怕起来。

"鸠占鹊巢"这个成语，让杜鹃鸟进一步背上了不好的名声。这里的鸠，即杜鹃鸟，俗称布谷，古称鸤鸠。说是杜鹃鸟将卵产在喜鹊巢里，并将喜鹊卵扒出窝外，喜鹊辛勤孵化喂养，结果帮杜鹃鸟养了孩子。明代医药学家李时珍在《本草纲目》中有关杜鹃鸟的记载，也包含这个内容："杜鹃出蜀中，今南方亦有之。状如雀、鹞而色惨黑，赤口有小冠。春暮即鸣，夜啼达旦，鸣必向北，至夏尤甚，昼夜不止，其声哀切。田家候之，以兴农事。唯食虫蠹，不能为巢，居他巢生子。冬月则藏蛰。"

这既是花儿又是鸟儿的杜鹃，让人们的心，不得不五味杂陈。如果，没有那么多的传说和记载，我们清洁的纯净的明亮的眸子里，就不会蒙上一层悲凉的色彩，我们迎接杜鹃花的脚步，也不会有片刻迟疑。

好在，杜鹃鸟还能在春天传播农事，杜鹃花也开在春天。春天的明媚终究是可以压倒一切悲凄的。杜鹃花终于长成了平静的模样。

半夏

Pinellia ternata (Thunb.) Breit.

半夏，天南星科半夏属植物，性味辛、平，有毒，经过严格而专业的炮制和加工，有燥湿化痰、降逆止呕、消痞散结之效。

夏天的时候，在山坡、溪河边阴湿的草丛中或树林下，有一种高 15 至 30 厘米的草本植物静然生长着。她的叶儿出自地下块状茎的顶端，叶柄长 6 至 23 厘米，叶柄下部内侧有白色珠芽。她是雌雄同株的，白色的雄花着生在花序上部，雄蕊密集成圆筒形，绿色的雌花着生于雄花的下部，两者相距 5 至 8 毫米。

独特别致的模样儿，带出的是饶有趣味的名字：半夏。她生于夏至前后，此时，一阴生，天地间不再是纯阳之气，夏天也过半，故名半夏。"五月半夏生，盖当夏之半，故名。"因为她的叶儿一年生时为卵状心形的单叶，2 至 3 年后为 3 小叶的复叶，她又叫三叶半夏、三叶老。在中国现存最早的药物学专著《神农本草经》中，她还被叫作守田、水玉，"守田会意，水玉因形。"朴实生动而富有诗意。

半夏成熟后，就和鹧鸪联系在一起了，她常常变成鹧鸪的美食之一。鹧鸪这种似鸡而比鸡小的鸟儿，长相耀眼，形体可爱，也被有的人当作美味，明代医药学家李时珍的《本草纲目》记载过这方面内容："南人专以炙食充庖，云肉白而脆，味胜鸡、雉。"这样一来，问题也来了，鹧鸪爱吃半夏，有的人爱吃鹧鸪，但是，半夏性味辛、平、有毒。她的中毒表现为口舌咽喉痒痛麻木、声音嘶哑、言语不清、流涎胸闷、恶心呕吐、味觉消失、腹痛、腹泻等，严重者可出现喉头痉挛、呼吸困难、四肢麻痹、血压下降、肝肾功能损害等，最后可因呼吸中枢麻痹而死亡。

《本草纲目》还记载了一个因食用鹧鸪而中半夏毒的故事：广州知府杨立之喜欢食用鹧鸪，某一天感到咽喉疼痛异常，不久喉部肿处破溃、脓血不止、寝食俱废。当地医生都束手无策。恰逢当时名医杨吉老来广州，杨立之便派人请他来诊疗。杨吉老了解了病情之后说："大人若要早愈，需先吃一斤生姜。"知府心想，"喉咙已经溃烂、脓血，又疼痛不止，怎么能吃辛辣的生姜呢？"但他也没有别的办法，只得命人买来一斤生姜，洗净切成薄片，小心翼翼地嚼了起来。嚼食后并没有想象中的那样辛辣，反而觉得清凉甘爽，随之咽喉疼痛大为减轻。吃完一斤生姜后，杨立之的咽喉脓血不见了，喉肿也基本消退。他感谢杨吉老，并询问病愈原因。杨吉老说："我得知你常食鹧鸪，鹧鸪最爱吃半夏，半夏是有毒的，半夏之毒积蓄在你体内许久，又侵及咽喉。医书上说，生姜可攻半夏毒，所以我用生姜清除半夏积毒。"

实际上，大多数古人一般是不舍得吃鹧鸪的。在他们眼中，鹧鸪是一种有灵性的动物，是灵魂的写照、情思的寄托。古代交通不发达，那些出行的游子，客居他乡，不知归期，不知未来，他们思乡恋亲，把浓浓的长长的情思寄托给了鹧鸪这种林中飞翔的小鸟。鹧鸪极易勾起旅途艰险的联想和满腔的离愁别绪。看看北宋文学家苏轼的"沙上不闻鸿雁信，竹间时听鹧鸪啼，此情唯有落花知"、南宋诗人辛弃疾的"江晚正愁余，山深闻鹧鸪"、北宋诗人秦观的"江南远，人何处，鹧鸪啼破春愁"，就知道，鹧鸪成了一种哀怨的象征。

鹧鸪是不知道自己被人类赋予了那么多意义的。她本来在草丛或灌木丛中做巢或觅食，可欢实着呢。她更不知道，在美味和愁思面前，还是有人选择了美味。幸亏半夏，和鹧鸪一起，给人类以警示。

半夏被《神农本草经》列为"下品"，下品为佐、使，主治病以应地，多毒，不可久服，可除寒热邪气，破积聚，愈疾。因为疾病要使用"下品"半夏时，须用恰当而专业的方法炮制后内服，未经炮制的生品最多只能严格按照程序外用。半夏的使用方法，是历代医家都很讲究的，南朝宋齐梁时期医药学家陶弘景说："凡用，以汤洗十许过，令滑尽。不尔，有毒戟人咽喉。"李时珍说："今治半夏，唯洗去皮垢，以汤泡浸七日，逐日换汤，晾干切片，姜汁拌焙入药。或研为末，以姜汁入汤浸澄三日，沥去涎水，晒干用，谓之半夏粉。或研末以姜汁和作饼子，日干用，谓之半夏饼。或研末以姜汁、白矾汤和作饼，楮叶包置篮中，待生黄衣，日干用，谓之半夏曲。"半夏可作药用的部分一般为来自地下的球形或扁球形的干燥块状茎，直径为 0.8 至 2 厘米，表面呈白色或浅黄色。炮制后的半夏具有燥湿化痰、降逆止呕、消痞散结的功效，用于治疗湿痰咳喘、呕吐反胃、胸脘痞闷、眩悸头晕、风寒头痛、梅核气等症。

相传清代医药学家张锡纯善用半夏。曾有一个英国人患呕吐症，久不能止，请来美国、日本的医生治疗，都没有办法，美、日医生还断定病人必死无疑。张锡纯并不作这样的判断，他用自己炮制过的半夏加上生姜，配以茯苓、甘草等煎水取汁，让病人服用。病人仅服两剂就效果显现，数日即身体复原。外国大夫们赞叹不已。半夏，也由此走出国门。使用半夏，必配生姜，也成为用药常识，"方中有半夏必须用生姜者，以制其毒故也。"诚如陶弘景所言。

想那半夏，于鹧鸪，是美食；于人，是毒药；生姜出现，即可制半夏毒。这个世间，就是这样奇妙的，相生相克之间，精彩纷呈，延绵不息。

钩吻

Gelsemium elegans Benth

钩吻，马钱科钩吻属常绿木质藤本植物，性味辛、苦、温，有剧毒，经过严格而专业的炮制和加工，能够祛风散瘀、消肿止痛、攻毒杀虫。

在中国历史上，无论是"赐自尽"还是"毒杀"，从来就不缺和毒药有关的传说。

钩吻，就是在毒药榜上名列前茅的。钩吻是学名，取"入口则钩人喉吻"之意。另因"吻当作挽字，牵挽人肠而绝之也"，钩吻又被称为断肠草，加上"入人畜腹内，即粘肠上，半日则黑烂"，钩吻还叫烂肠草，还因"蔓生，叶圆而光"而被叫做胡蔓草。

性味辛、苦、温的钩吻，全株都有毒，主要毒性成分为多种生物碱，特别是根和春夏时期的嫩苗、嫩芽、嫩叶，毒性更大。刚从土中挖出来的钩吻根略带几分香气，但很快令闻者头晕目眩，有致命危险。钩吻所含的钩吻素会引起神经、消化、循环和呼吸等系统的强烈反应，令中毒者四肢无力、言语不清、视物模糊、心律失常、上吐下泻、腹痛剧烈、呼吸困难等，最终因呼吸麻痹而亡。更令人心惊肉跳的是，在整个过程中，中毒者的意识始终清醒，甚至在呼吸停止后，心跳都还能持续一小段时间，简直是眼睁睁地看着生命消逝。

据传远古时期走遍山林荒野、尝百草试疗效的神农氏，就是这样亲眼看着自己走向生命终点的。传说他长着透明可见的肠胃，吃下的食物在胃里每每清晰能见，当他试吃钩吻后，毒性猛然发作，完全来不及吃下他常备于身边的解毒药草，只能看着自己的肠子粘连发黑，变成一段段，生命转瞬而逝。战国末期思想家、哲学家和散文家韩非因受同窗李斯的嫉妒而被设计身亡时，被迫服用的也是钩吻。"李斯使人遗非药，使自杀。"据说韩非逝状极惨。

作为马钱科钩吻属常绿木质藤本植物，钩吻之毒，确实可怕。她也早被中国现存最早的药物学专著《神农本草经》列为"下品"。现代人更是将她特别对待，例如：一些医药类单位的药园里，因为工作需要而种植钩吻时，参与种植和养护的工作人员都会穿戴好防护用具，并一定会把钩吻单独种在一块地方，同其他药草隔离，再用铁栏框住，栏上挂上注明剧毒标识和文字的标牌，防止他人随意接近。

作为下品的钩吻也是独特的，她可以治疗疾病。下品为佐、使，主治病以应地，多毒，不可久服，可除寒热邪气，破积聚，愈疾。中国历代医家陆续汇集而成的医药学著作《名医别录》说钩吻可以"破癥积，除脚膝痹痛，四肢拘挛，恶疮疥虫，杀鸟兽"。经过严格炮制后，"掏汁入膏中，不入汤饮"。

据记载，钩吻还与乾隆皇帝有过交集。当时，乾隆皇帝下江南，微服察访，昼行夜宿，鞍马劳顿，染上皮肤瘙痒等病症，夜晚尤其难受。某一天在一家客店投宿后，又感到奇痒难熬，辗转不能入睡，便披衣起床出门，找到一家草药铺。一位中年郎中手持蜡烛为他开了门。借着烛光看屋内，乾隆发现这位郎中深夜还在抄写药书，觉得他是勤奋之人，便与他攀谈起药草来。而身上各处时有奇痒，时时忍不住想抓挠，令本来还想多谈谈药草的乾隆，不得不赶紧谈到自己的病症。郎中认真地检查一番后，对乾隆说："你患的是疥癣，民间又叫疥癞疮，属于一种比较顽劣的皮肤病，能用一味药草涂抹治疗，但此药草有剧毒，万万不能入口，只限于涂抹，涂抹后也不可用手抓挠。""先生能告诉我此药草的名字吗？"乾隆很好奇。"此乃断肠草，学名钩吻。"郎中告诉乾隆，并同他讲述了神农氏尝百草、中钩吻之毒的传说。乾隆听着，频频点头，感慨不已。不久，乾隆的顽疾被钩吻治愈了，他重赏了这位郎中，还挥毫为其药店写下了"神农百草堂"几个大字。从那以后，该药店名震大江南北。

  钩吻的毒性，就这样得到别致的发挥。原来，对于钩吻，懂得、善待，就能够得到她的别样深情。对待猪、羊，钩吻更是有着难得的温柔。猪、羊吃了她会增肥长壮，她又可以治疗猪热病，使猪的毛色俱具光泽。对此，三国时期医药学家吴普的《吴普本草》说得精辟："人误食其叶者致死，而羊食其苗则大肥，物有相伏如此。"而人中了钩吻毒，还可以通过及时喝新鲜羊血、白鸭血、白鹅血来解，东晋道教学家、医药学家葛洪的《肘后备急方》记载了这些解毒方法，这些方子在古代民间有被使用过，有的案例说有一定效果。

  猪、羊为什么同钩吻如此相融呢？迄今为止还没有找到科学答案。也许，在漫长的生物进化过程中，猪、羊体内产生了某种对抗钩吻所含毒素的物质吧。不同的生命，有着不同的传奇。

  钩吻，就美美地生长着。嫩黄的花，碧绿的叶，小小的果，长长的藤，摇曳在清风里，分外明媚，特别迷人。只是，并不是所有的美，都必须拥抱。欣赏钩吻之美时，也不能近距离。因为，钩吻的花粉都带毒性。人吸入花粉都有可能中毒，特别是过敏体质者，尤甚。人食用含有钩吻花粉的蜂蜜也可能中毒，甚至死亡。清代医药学家赵学敏的《本草纲目拾遗》还说："胡蔓藤合香，焚之，令人昏迷。"

  对于钩吻，我们能做的是，远远地注视她，静静把她记在心上。

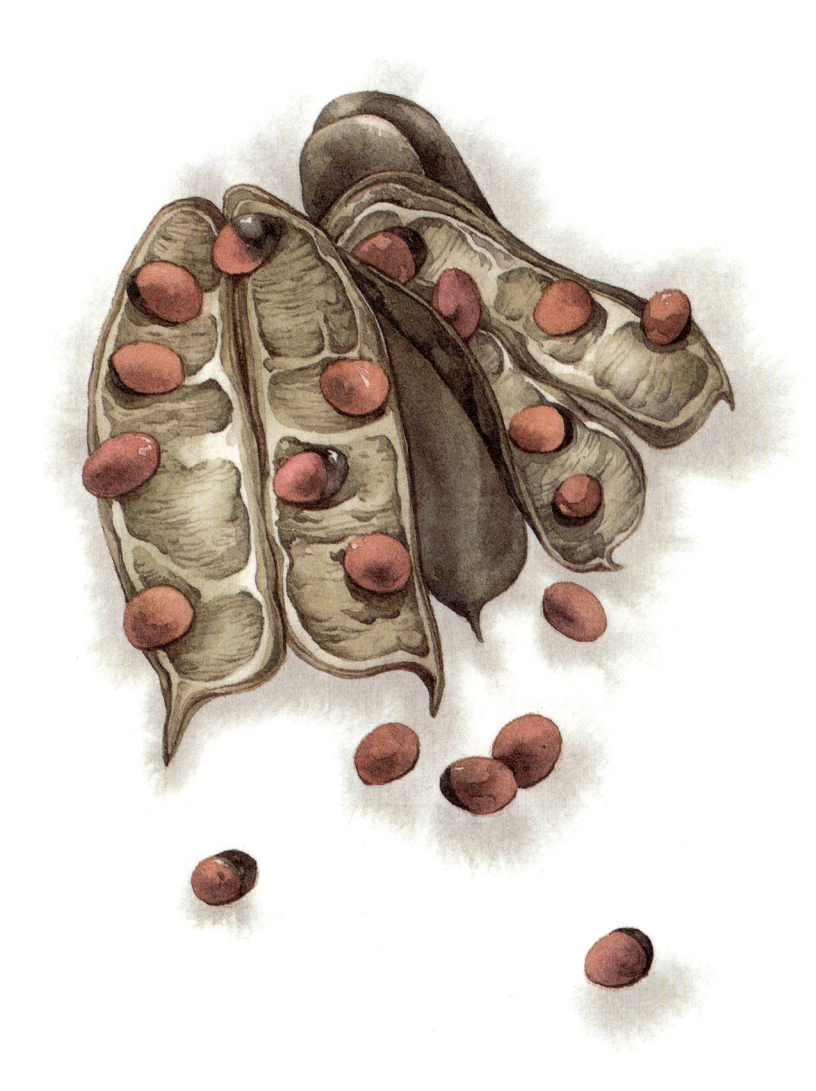

鸡母珠

Abrus precatorius L.

鸡母珠,豆科相思子属藤本植物,性味辛、苦、平,有大毒,不能内服,经过严格而专业的炮制和加工,方可外用,能够拔毒、排脓、杀虫。

鸡母珠的模样，是让人过目不忘的。

作为豆科相思子属缠绕性藤本植物，鸡母珠的 2 至 5 米长、分枝较多的茎通常缠绕在灌木等其他植物体上生长。她的花儿丛生于结节上，初开的时候是淡紫色的，慢慢会转为紫红色。种子，是鸡母珠最漂亮的部分，椭圆形的种子常常 3 至 6 枚一起，聚在一只只 2.5 至 5 厘米长的长椭圆形荚果里，坚硬，光滑，除了白色种脐处有一块小小的黑斑之外，其余地方都是正宗的大红色，闪着明艳耀眼的光。

如此艳美的种子，让鸡母珠除了有这个中国台湾的习惯性称呼之外，还被唤为美人豆，明代医药学家李时珍在《本草纲目》中称她为相思子、红豆。她由此被赋予了无限的深情，唐代诗人王维《相思》的"红豆生南国，春来发几枝"，就被说成跟她有关，说那诗中的"红豆"，就是她的种子。

实际上，《相思》中的红豆是海红豆的种子。海红豆这高 5 至 10 米的豆科海红豆属落叶小乔木的红色种子，呈扁圆形或心形，像红宝石一般。种子纯正的红色是由边缘向内部逐步加深的，中心还有一块心形区域更加艳丽红润，好像大心套小心、心心相印，宛如恋人们那一颗颗爱意满满的心。海红豆才更接近那一份款款浓浓的相思。

鸡母珠不是《相思》中的红豆，从形象到气质，都不是。卿卿我我，心心念念，儿女情长，也不是鸡母珠的风格。鸡母珠虽然茎枝细弱，却强大霸气，她喜欢生长在开阔、向着阳光的河边、海滨、林中或荒地，生长速度很快，生命力旺盛，如果不加以控制，她甚至可以排挤并占据其他植物的生存空间，成为该地的领主。

所以，再知道鸡母珠是世界上最有毒的植物之一，就一点都不用太惊讶了。她性味平、辛、苦，全株都有极强毒性，毒性最强的是种子，误食时会中毒，接触时皮肤有破损或种子破了外皮也会导致中毒。种子含有鸡母珠毒蛋白，鸡母珠毒蛋白比蓖麻中含有的蓖麻毒蛋白更具致命性，它破坏细胞膜，阻止蛋白质的合成，让细胞很多重要职责都不能够完成，食入鸡母珠种子常常会很快出现食欲不振、恶心呕吐、胃肠绞痛、腹泻便血、惊厥无尿、瞳孔散大、呼吸困难、心力衰竭等症状，严重的呕吐和腹泻可导致脱水、酸中毒和休克，甚至出现黄疸、血尿等溶血现象，一般因呼吸衰竭而亡。尸检可见胃肠内有大面积溃疡及出血。

鸡母珠的体态特征，甚至还无意中符合古代一些人的朴素的世界观，他们认为太过艳丽的东西往往不太安全。例如姿态高雅、鸣声悠扬的丹顶鹤头上的那一抹鲜红，也被他们认为有毒，成为他们恐惧的根源。现代研究表明，丹顶鹤头顶的红色部位并无毒性，丹顶鹤幼年时期是没有"丹顶"的，只有达到性成熟后，"丹顶"才会出现，这是成年丹顶鹤在体内激素作用下形成的"秃顶"，是皮肤的特殊颜色，为正常生理现象，类似公鸡那漂亮而鲜艳的鸡冠。

而鸡母珠，却还真是美而有毒的典范。她的毒性完全不容小觑。她的种子外壳较硬，表面涂层弄破即有危险。生吞完整未破裂的种子时，不一定会造成立即的伤害，但即便如此，只要是不小心吞食了，还是要马上去医院检查治疗，及时将种子取出。如果种子在体内有一丁点儿的被损坏、被侵蚀等，那种危害都有可能致命。

所以，鸡母珠是不能内服的，哪怕是有严重的疥疮、顽癣、风痰、风湿骨痛等病症，需要用鸡母珠来治疗，也只能是外用，可以把她的根、藤、叶、子用专业的方法研成粉末调敷、煎水洗、熬膏涂等，以达到通九窍、治心腹气、清热解毒、祛痰杀虫的目的。

只是，现代还是有些爱美人士，抵挡不住鸡母珠的魅力，他们喜欢佩戴鸡母珠种子制成的项链、手串、脚链、戒指等饰品。鸡母珠制成的各种饰品，确实靓丽。拥有她，如同拥有了一份翩翩风采。可是，不是每一种风采都可以任意流连。要知道，佩戴她，基本上是与危险共舞；制造她，基本上是与危险相融。甚至，制造鸡母珠饰品的人面临的风险远远高于佩戴的人，在打眼、穿珠等处理环节中，只要不小心刺伤手指、损坏种皮，那生命，就有可能走向终结。

相比之下，古人对鸡母珠的运用就别有一番趣味了，他们用鸡母珠来治疗一些中了邪毒和蛊毒，以及产生各种幻听、幻视、幻觉的人。他们把鸡母珠和同样有毒的蓖麻子、巴豆、朱砂、蜡放在一起，加清水合捣，研成粉末，撒在中毒者周围，并燃柴火、放烟灰、画十字，取强毒联手、以毒制毒之意。据相关记载，这样的治疗竟然取得过非常好的效果。

想来，升腾的火光，飞舞的轻烟，跳跃其中的各种毒药，诡异奇幻的各式人群，营造出来的热热闹闹的治疗场景，竟像魔幻影片里出现的庞大镜头。鸡母珠身处其中，也显出了一份古怪精灵，仿佛沾染了魔力，瞬间滋生了抗衡和抵御的力量。

于是，我们终于可以透过那层魔光，与鸡母珠遥遥相望，然后，默默远离。

Poisonous Flowers

PART 2

曼陀罗之舞

真是令人意乱神迷的花儿呀。摇曳在风中,也会吸睛无数。曼陀罗花、花烛飘来的微香,还仿佛远处高楼上渺茫的歌声。而我们只能站在原地,细细地听。

曼陀罗花

Datura stramonium L.

曼陀罗花,茄科曼陀罗属草本或半灌木,性味辛、温,有毒,经过严格而专业的炮制和加工,能够定喘、祛风、麻醉、止痛。

曼陀罗花，很早就已经行走于江湖了。

那时最流行的，是把她制成蒙汗药，掺和在酒水里，一是遮盖她那比较独特的气味儿，二是提高麻醉效果，令人闻之饮之，立马倒下，迅速昏睡。即便是走南闯北的"老江湖"，稍不留神，都有可能中招。

蒙汗药若没有被过量服用，那经过一段时间后服用者是会苏醒的，只是对昏睡期间发生的任何事情，都浑然不觉。于是，利用曼陀罗花下酒麻醉杀人，变成了某些人的手段，宋代就有这方面的记录，明代有了更多关于蒙汗药的成分、配制、药理作用和消解方法等的详细介绍。很多小说也用蒙汗药来丰富情节。例如，在中国古典长篇小说、四大名著之一的《水浒传》中，晁盖、吴用、刘唐等人就是用蒙汗药迷倒杨志等人而劫得生辰纲的，那和丈夫一起卖人肉包、有"母夜叉"外号之称的孙二娘也是用蒙汗药来杀人劫货的。孙二娘还常常调侃那些吃了她下的蒙汗药的人，说他们吃了她的洗脚水，见人倒地后，她常常会拍手笑道"倒也""着了"之类的话，竟是欣喜得很。

沉重的蒙汗药在这样的场景里，简直被描述出了一份喜感。而根据梵语 Mandarava 音译过来的曼陀罗花，也真是会让见到她的人都感到愉悦的，曼陀罗花在佛经中就是适意的意思。她不仅相貌瑰丽华美，"春生夏长，独茎直上，高四五尺，生不旁引，绿茎碧叶，叶如茄叶。八月开白花，凡六瓣，状如牵牛花而大。"而且仪态大气饱满，"攒花中坼，骈叶外包，而朝开夜合。结实圆而有丁拐，中有小子。八月采花，九月采实。"还确实让人时笑时舞、"昏昏如醉"的，明代医药学家李时珍亲自验证并记载："相传此花笑采酿酒饮，令人笑；舞采酿酒饮，令人舞。予尝试之，饮须半酣，更令一人或笑或舞饮之，乃验也。"

真是令人意乱神迷的花儿呀，摇曳在风中，也会吸睛无数。曼陀罗花也当仁不让地成了优良的麻醉药，她能麻醉、止痛、抑制汗腺分泌、使肌肉松弛无力。早在三国时期，医药学家华佗发明的麻醉剂麻沸散中，其主要有效成分就是曼陀罗花。南朝宋代史学家范晔的《后汉书·方术列传》中，记载了华佗使用麻沸散来行外科手术的情况："若疾发结于内，针药所不能及者，乃令先以酒服麻沸散，既醉无所觉，因刳破腹背，抽割积聚。"

华佗的回春妙手，把曼陀罗花运用得恰到好处。作为茄科曼陀罗属草本或半灌木，曼陀罗花性味辛、温，有毒，含有莨菪碱、阿托品、东莨菪碱等生物碱，这些成分在临床上都有麻醉致幻的作用，过量可致中毒。中毒表现为副交感神经抑制及中枢神经兴奋等方面的症状，如颜面潮红、口干咽燥、声音嘶哑、头痛发热、语言不清、步态不稳、幻觉幻听、谵妄惊厥，甚至呼吸急促、心跳过速、瞳孔散大、尿潴留、昏迷等，最后多因呼吸和循环衰竭而死亡，死亡率较高。

曼陀罗花这些中毒症状被武侠小说家金庸运用在《神雕侠侣》之"情花"中毒的描述中。刻骨的相思，竟宛若中毒。情不动，毒不动，情若动，毒就来，情动于内则毒发于外。那毒绝天下、黯然销魂的"情花"啊，原型就是曼陀罗花。

"问世间情为何物，直教人生死相许"。当然，这样的咏叹并不适合曼陀罗花，看看她的另外一个名字，洋金花，这个药典里常用的称呼，就会明白，她是端庄、理性而严肃的，她归心、肺、脾经，有定喘、祛风和治疗寒痰咳喘、惊痫、风湿痹痛、腹痛、疮疡疼痛等作用，她是作为有毒且有治疗作用的药物出现的。

曼陀罗花更应该是上天给予人类的一种赏赐。当年，佛说法时，从天空中降下了曼陀罗花雨；北斗星中有一位叫做曼陀罗使者的，曾手执曼陀罗花。这两大盛况，分别被记载在中国佛教史上有着深远影响的一部大乘经典《妙法莲华经》（简称《法华经》）和道家的秘籍中。

真是神奇而又神秘啊。微风过处，曼陀罗花那有致幻效果的香味儿，仿佛远处高楼上飘渺的歌声。睿智的人儿，不会迷醉于幻觉，他们早已透过各种幻象，赋予曼陀罗花洞察幽明、超然觉悟、幻化无穷的精神。具有这种精神的人，可以成为曼陀罗花仙。

羽化而登仙，才是曼陀罗花的最高境界吧。

罂粟花

Papaver somniferum L.

罂粟花，罂粟科罂粟属植物罂粟的花，也常常直接被称为罂粟。罂粟性味酸、涩、微寒，有毒，经过严格而专业的炮制和加工，能够敛肺、止咳、涩肠、定痛。

罂粟花，没有和毒品联系在一起的时候，她的美，实在是令人惊艳的，明艳娇柔而又纯洁无瑕，直至人们的心灵深处。

最初，罂粟花是很受人尊敬的。在古埃及，她被称为"神花"。在中国，她被很多人用诗文来歌颂。明代地理学家徐霞客的"莺粟花殷红，千叶簇，朵甚巨而密，丰艳不减丹药"和明代文学家王世懋的"芍药之后，罂粟花最繁华，加意灌植，妍好千态"，都盛赞她的美丽。

罂粟花还被赋予过很多情怀，唐代诗人雍陶在《西归出斜谷》中写道："行过险栈出褒斜，历尽平川似到家。万里愁容今日散，马前初见米囊花。"米囊花就是罂粟花。那一片片五彩缤纷的罂粟花，使得经过艰难跋涉的游子，愁容顿失，感受到了归家的快乐。

遥想那开阔的光景里，初升的太阳徐徐升起，遍地或红、或紫、或粉、或白的花儿，飘摇在清风中，微香、微腥、微苦的气息弥漫在空气里，宛若天地间折射出的一缕缕奇异的光，慢慢地布满心间，是多么让人觉得慰藉啊。罂粟花的模样儿，温暖了多少游子的心。

甚至，作为罂粟花之来源的罂粟科罂粟属植物罂粟，她起初也是被人珍惜的。这原生于地中海东部山区及小亚细亚、埃及等地的罂粟，如明代医药学家李时珍所说："其实状如罂子，其米如粟，乃象乎谷，而可以供御，故有诸名。"她的药用价值在青铜时代就被人们认识到了。宋朝以来很多医药学书籍记载了罂粟的药用价值，例如，北宋医药学家苏颂在《图经本草》中说她："行风气，逐邪热，治反胃胸中痰滞。"宋代医药学家寇宗奭在《本草衍义》中说她："性寒。多食利二便，动膀胱气。"罂粟可用于呕逆、心腹筋骨各种疼痛、肺虚久咳不止、久痢常泻不止、动脉栓塞以及肾虚引起的脱肛、遗精、滑精等症的治疗。医学上常以性味酸涩、微寒的罂粟壳入药，处方又名"御米壳"或"罂壳"，一般在夏季采收罂粟壳，"凡用以水洗润，去蒂及筋膜，取外薄皮，阴干细切，以米醋拌炒入药。亦有蜜炒、蜜炙者。"罂粟壳和子也被当成滋补品，用来养胃调肺、便口利喉、镇静安眠等，北宋文学家苏轼的"道人劝饮鸡苏水，童子能煎莺粟汤"，就反映了罂粟滋养着人们身心的情况。罂粟的种子可以榨油，"嫩苗作蔬食甚佳"。

　　罂粟米还能够缓解丹石中毒症状。古代有些王公贵族和士大夫为求长生不老，常恣意服用钟乳石、硫黄、紫石英、朱砂、雄黄、白矾、曾青、慈石、白石英、赤石等矿物药组成的钟乳石散、五石散等，这些药性质燥热暴烈，能产生一种迷惑人心的短期效应，使人服后全身发热，甚至激情四射，实际上这是一种慢性中毒。寇宗奭认为服用丹石的人食用罂粟米更佳："服石人研此水煮，加蜜作汤饮，甚宜。"宋代医药学家马志在《开宝本草》中也说："丹石发动，不下饮食，和竹沥煮作粥食，极美。"

　　可惜，罂粟成为制造毒品的原料，就变得非常危险了。罂粟是制取鸦片的主要原料，内含吗啡、可待因、那可汀、罂粟碱等30多种生物碱，在罂粟果实尚未成熟之时，即结青苞的时候，勿损罂粟里面硬皮，于外面青皮上划出刀口，其中的汁液会流出，用瓷器收集这些汁液，阴干，就得到了未经提炼的鸦片。生鸦片曾经受到古希腊罗马医师们的高度重视，若正确少量使用，可以成为镇静剂等有治疗作用的药物。可是，鸦片带来的虚幻而麻醉般的快乐感觉令人容易上瘾，和海洛因等毒品一样，在快感倍增的情形下慢性中毒，严重时会因呼吸困难而死亡。

　　罂粟的强大副作用一点一点地吞噬着人的身心，1840年至1842年，英国对中国发动的第一次鸦片战争，鸦片大量输入，更是一种残酷的摧毁，很多人因吸食鸦片而丧命。如末代皇后婉容就是由于鸦片中毒而亡的。婉容在1938年7月16日至1939年7月10日的流水账中，记录了自己买益寿膏（实为鸦片）740多两、平均每天约吸2两的情况。到伪满末年，她的两条腿已经不能动弹，双眼均不能见光，近于失明，看人的时候常以折扇挡着脸，从扇子的骨缝中看过去，样子非常可怕。昔日的婉容，也是漂亮的，也曾像罂粟花一样，将单纯明朗的笑容，轻轻绽放。不知她拥抱罂粟的时候，会不会想到，自己最后会成为一个完全不能自控的疯子？罂粟花，终于被视为邪恶之花。

其实，元朝时，医药学家对罂粟的副作用已有初步的认识，建议慎用。元代医药学家朱震亨指出："今人虚劳咳嗽，多用粟壳止劫；及湿热泄痢者，用之止涩。其治病之功虽急，杀人如剑，宜深戒之。"然而，世人并未记住朱震亨的劝告。元朝时已有人开始服食鸦片了。元朝人服食的鸦片，并非中国本土制成，而是从一些战争中得来的。作为战利品，鸦片在当时还颇受欢迎。到了明朝，罂粟花虽然仍是名贵稀有的佳花名木，但中国人逐渐懂得了鸦片的生产、制造、服食。邪恶，才有缝可钻。

而邪恶的，并不是罂粟花；邪恶的，是某些人的心，是他们愿意以毁灭方式去接受诱惑。古往今来，吸毒者众，制毒贩毒者多。说罂粟花可怕只不过是某些人逃避罪责的借口和手段罢了。

时光，一点一点地流逝着。罂粟花，依然迎风飘扬。现在的人，恐怕很难再赞美她了，反而唯恐避之不及。对世事浑然不知的无辜的花儿，就这样被贴上标签。好与恶，美与丑，往往就在人们的一念之间。

鸡蛋花

Plumeria rubra L. cv. Acutifolia

鸡蛋花，夹竹桃科鸡蛋花属落叶灌木或小乔木，性味甘、平、略苦，有小毒，正确而适量地使用，可以清热解暑、清肠止泻、润肺利咽、止咳化痰。

鸡蛋花，令人过目不忘。

那天，在新加坡街头，一阵馥郁的花香涌来，鸡蛋花一下子跳进我的眼里，清雅的树形，青灰的树皮，青绿的枝杆，清长的树叶，清晰的叶脉，无一不透着简洁明快的美感。更耀眼的，是她的花，正向着天空，尽情开放。

那是多么精巧有型的花儿呀。她们从枝叶顶端迸发出来，一枝常有花儿数朵至十余朵，好似在梅花鹿的角上扎花结彩，跳跃着活泼、生动、明朗。花儿一律由五片花瓣儿组成，温婉清新，一尘不染。

我看到的是花瓣为红色的鸡蛋花，花冠外部为玫红色，内基部为黄色。鸡蛋花更多的是清代地理学家郁永河笔下的模样儿："青葱大叶似枇杷，臃肿枝头着白花，看到花心黄欲滴，家家一树倚篱笆。"五片素洁的白色花瓣儿包裹着嫩黄色的花蕊，宛如鸡蛋白包裹着鸡蛋黄，"冠白心黄"，白里透黄，难怪她被称为鸡蛋花呢。

红的，白的，黄的，都是这样美的。记得小时候，我们就常爱画那轮廓分明的五瓣花，像极了后来看到的鸡蛋花。在或粗犷或细腻的描绘里，慢慢渲染开来的，是长久的希望和快乐。鸡蛋花的五片花瓣轮叠而生，很像孩童手折的纸风车，"恁似风车缀叶间，莫非此树正童年？"那样的童真童趣，是记忆中永远都不会淡忘的光。

古代的人，更是让鸡蛋花的喷香和纯美，别具情怀。那样的早晨，常常听见卖花人清脆的叫卖声，所卖的花儿中，鸡蛋花是缺不了的。干净清爽头绾发髻的男子，会从花篮中小心翼翼地拾起一朵新鲜的鸡蛋花，送给自己心仪的女子。鸡蛋花便在女子的鬓间、颈脖、胸襟、腕上娇羞盛开。当笑靥如花的身影袅娜走过时，一份若有若无的清香，飘荡在紧紧相牵的手上。

真是爱极了那可以佩戴鲜花的时光，真想穿越一次，到那清香满怀的岁月，感受那样的唯美和浪漫。而鸡蛋花，做爱情信物，也好得不得了。传说，鸡蛋花和一个内心产生爱情的天使有关。因为爱情违反天规，天使只好逃离天国，流落到人间有情的南国。面对无处不在的天威，她将爱人赠予的代表幸福的黄丝带，紧紧缠绕在洁白的翅膀上，从悬崖边飘走。不久，悬崖边破壁长出了一棵神奇的树，花开如半圆的鸡蛋，黄白有致，这就是鸡蛋花。

到了现代，鸡蛋花依然在温润的时光中，悠然成长。现代人会把那五瓣花儿煮水泡茶喝，特别是广东一带，常常在夏秋时节采摘盛开的鸡蛋花花朵儿，洗净晾晒干，加上冰糖，以沸水冲泡，制成别有风味的饮料——鸡蛋花茶。熬煮后的鸡蛋花甘平中略带点苦，入肺、大肠二经，有清热解暑、清肠止泻、润肺利咽、止咳化痰、祛湿祛黄、止痢解毒等作用。鸡蛋花还可在与其他花草儿的配伍中，展现另一种魅力：配西瓜翠衣（即外皮）可清热生津、配马齿苋可清热利气、配竹茹可治肺热咳嗽。

真是恰似那一抹温柔，缓缓沁入人们的心田。唐代文学家、政治家韩愈也得到过鸡蛋花的慰藉。当年，他被贬官至广东潮州，既悲伤又恐惧，悲伤的是政治抱负无法实现，恐惧的是被贬之处岭南有瘴疠。在《左迁至蓝关示侄孙湘》中，他极其悲哀地叹道："知汝远来应有意，好收吾骨瘴江边。"古人认为南方气候潮湿闷热，容易滋生瘴疠。唐代诗人杜甫在《梦李白》中也说到这点："江南瘴疠地，逐客无消息。"瘴为内病，指南方山林间湿热蒸郁致人疾病的气，是一些湿毒，发作为瘟疫、脚气、风湿等；疠为外病，一般指生于颈部的一种感染性外科疾病，在颈部皮肉间可扪及大小不等、互相串连的核块，相当于现代医学中所说的淋巴结结核。所以，韩愈的恐惧是有理由的。幸亏他后来知道了鸡蛋花茶，便学着制作和饮用，终究没有感染瘴疠。

　　当然，不是每个人都可以从鸡蛋花那儿寻到安慰。体质虚弱、肠胃不好和有暑湿兼寒、寒湿泻泄、肺寒咳嗽的人，以及女性在生理期、怀孕期、哺乳期，都不要服用鸡蛋花茶，避免一些不良情况发生。作为夹竹桃科鸡蛋花属落叶灌木或小乔木，她的根皮、枝叶、汁液均有小毒，树干枝叶折断时流出的白色汁液，毒性最大，触碰到会产生皮肤损害等中毒症状。如果手部有伤口，又接触到汁液的话，那毒性更容易通过伤口侵入肌体，引起食欲不振、恶心呕吐、腹痛腹泻、心悸气急、四肢厥冷、血压下降、眩晕冷汗等症状，严重者瞳孔散大、血便、昏睡、抽搐、死亡。因此，要尽量避免采摘鸡蛋花的枝叶，也不要攀爬鸡蛋花。

　　不过，优雅的气质，高贵的芳姿，纯香的样貌，敦厚的体态，让鸡蛋花的毒性被有意无意地回避，人们更多还是关注她的美。在一些东南亚国家，到处可以见到她装点和美化环境的身影。用目光拥抱鸡蛋花的时候，我听到的，也多是对她的赞美。东南亚人常常从鸡蛋花的花瓣中提取芳香油，调制成化妆品和香皂，来美容和洁肤。在一些盛放美食的碗碟中，他们也会放上几朵鸡蛋花的花瓣儿，作为装点。美人、美花、美食，香气氤氲，风姿卓然。

　　佛经也很重视她，把她定为寺院里必须种植的"五树六花"之一，称她为"庙树"或"塔树"。五树是菩提树、高榕、贝叶棕、槟榔、糖棕，六花是荷花、文殊兰、黄姜花、鸡蛋花、缅桂花、地涌金莲。"剖心明志化成花，寺院置身难忘她。钟磬长萦香不改，千年素面绿袈裟。"

　　这终究是一棵美好的树呀。但见花开处，澄明随风来。

石蒜

Lycoris radiata (L. Herit.) Herb.

石蒜，石蒜科石蒜属植物，性味辛、甘、温，有毒，不宜内服，一般作外用，可以祛痰催吐、利水解毒。

石蒜常常被描绘成悲伤的花。

她的花语也是"悲伤的回忆""相互思念"。她常常被民间称做曼珠沙华，颇具诗意而又富有情调的称呼，渲染的，却是一种深不见底的忧愁，好似一江春水向东流。

这种伤感的描绘主要源于石蒜的一个生长习性，即类似夏季休眠的特性。夏初，石蒜地上部分的叶片枯萎，地下的鳞茎进入休眠状态。到了夏秋之交，无叶开花，花茎破土而出，顶部生出伞形花序，开出花瓣反卷的红艳花儿5至7朵。不久，花茎枯萎，叶子长出来。之后，叶子慢慢枯萎，花儿又再开。如此叶萎花开、花谢叶出、循环往复。石蒜的花叶永远不会同时出现，花儿开时，看不见叶子，叶子长出来后，看不见花儿。花叶之间，始终不能相见。人们便由此让石蒜承担了悲伤，还让花叶的这种生生相错，衍生了一个凄美的故事。

故事是这样的：很久以前，城市的边缘开满了大片大片的绿叶红花，守护花叶的是两个妖精，一个是花妖叫曼珠，一个是叶妖叫沙华，他们按照神的旨意轮流守护花叶几千年，从未亲眼见到对方，却不禁彼此思念，并被这种思念折磨。终于有一天，他们实在控制不住感情，便违背神的规定，偷偷见了一面。见到彼此，心中爱意骤浓。曼珠红艳艳的花儿，沙华绿清清的叶儿，映衬在一起，格外和谐耀眼，曼珠和沙华觉得难舍难分。很快，神知道了这件事，很是生气，把曼珠和沙华打入轮回，让他们永远也不能在一起，生生世世在人间受磨难。从那以后，绿叶红花被叫做曼珠沙华、彼岸花、天涯花、舍子花，一般于阴历七月盛开在天界，再也没有在城市出现过。只是，曼珠和沙华每一次轮回转世时，都能闻到彼岸花的香味，都能想起前世的自己，都渴望彼此不再分开，却又会再次跌入不得相见的轮回。

　　相爱却不能再相见，对于有着浪漫情怀和缱绻情思的曼珠和沙华来说，确实是一种残忍，由此而生的悲伤也是绵绵无尽期。然而，我们更愿意相信，曼珠沙华就是石蒜做过的一场梦，梦中那刻骨铭心的浓情蜜意和悲痛欲绝，醒来后全然了无痕迹。石蒜依然执着地前进在现实的长河里，想开花时，便开花，想长叶时，便长叶，自然而然，哪里顾得上悲伤呢。

　　而且，石蒜还有一些跟悲伤完全不挂钩的名字：乌蒜、老鸦蒜、蒜头草、婆婆酸、一枝箭、水麻等。名字中含"蒜"，是因为她的鳞茎有特异蒜气，味辛辣而苦；名字中含"箭"，是因为她的茎像箭杆。北宋医药学家苏颂在《本草图经》中记载："水麻生鼎州、黔州，其根名石蒜，九月采之。或云金灯花根，亦名石蒜，即此类也。"明代医药学家李时珍在《本草纲目》中也说"石蒜处处下湿地有之，古谓之乌蒜，俗谓之老鸦蒜、一枝箭是也"。"蒜以根状名，箭以茎状名。"这各种乡土化名字带来的纯实、朴素，饱含着尘土的味道，浸润着俗世的气息，也仿佛是在告诉石蒜：要安心与泥土为伴，阳春白雪式的风花雪月就不要想了吧。于是乎，石蒜想悲伤都悲伤不了呀。

　　石蒜的模样儿也显不出悲伤，"春初生叶，如蒜秧及山慈姑叶，背有剑脊，四散布地。七月苗枯，乃于平地抽出一茎如箭杆，长尺许。茎端开花四五朵，六出红色，如山丹花状而瓣长，黄蕊长须。其根状如蒜，皮色紫赤，肉白色。"独有韵味，别具芬芳，和悲伤也没有什么关联。

　　更让石蒜远离悲伤的，是她全株都有较为强烈的毒性，误服或过量服用可致中毒。作为石蒜科石蒜属植物，石蒜性味辛、甘、温，毒性最大的是她的鳞茎，花的毒性次之，《广州植物志》说："若误食其花，则有言语滞涩之虞。"中毒症状为流涎、恶心、呕吐、腹痛、泻下稀水样便或血性黏液便，并有烦躁、肌肉痉挛、惊厥、血压下降、虚脱、呼吸困难等。石蒜中毒常死于呼吸麻痹，死前多无意识障碍，基本上是很清醒地看着世界远离。

这样的中毒状态，和马钱科钩吻有点儿相似。钩吻全株都有剧毒，中毒后一般会很快死于呼吸麻痹，整个过程中，中毒者始终意识清醒，甚至在呼吸停止后，心跳还能持续一小段时间。据传，中华医药始祖神农氏在试吃钩吻时，毒性猛然发作，完全来不及吃下身边常备的解毒药草，只能清醒地任自己肠断而逝。

真是令人心惊肉跳。神农氏是否尝试过石蒜，我们现在已经无法知道。而石蒜被赋予的含义和实际生活中的名不符其实，让石蒜总是披着一层神秘而妖异的面纱。轻轻揭开面纱，缓缓地看过去，婀娜多姿、妙曼多情的曼珠沙华灵动在那个画面艳美而带有诡异色彩的故事里，引得人们为之叹息；石蒜则像一位勇猛之士，给予人们惊喜。因为有毒，她反而强大，可以大刀阔斧地斩除病魔，能够祛痰催吐、利尿解毒、杀虫，主治喉风、水肿、痈疽肿毒、疔疮瘰疬及蛇咬伤。也因为毒性较烈，除了因病情需要、经特殊炮制之后才能严格按照剂量服用之外，人们一般很少将她内服，多将她外用，例如，把石蒜和蓖麻子外敷于足心，治疗腹水、水肿，有良效。

那么，把曼珠沙华与石蒜紧紧融为一体的，应该是石蒜那鲜红似血的花儿吧。那花的形状好像一只只在向上伸展舞动的手掌，似乎在向上天祈祷,石蒜还因此被叫做龙爪花，是龙爪强劲有力地扼住了命运的喉咙么？

所以，石蒜，没有时间悲伤。

马蹄莲

Zantedeschia aethiopica (L.) Spreng.

马蹄莲，天南星科马蹄莲属多年生草本植物，有毒，禁止内服，经过严格而专业的炮制和加工，可外用，能够清热解毒，平常养护宜置于通风透气处。

马蹄莲有毒，让我觉得有点可惜。

马蹄莲实在是太雅致了，那份简单高贵，正是蕴合我的心意。她花样简朴，一株只开一朵花，一朵花只有一整片花瓣。那一朵花儿，从一枝飘着碧绿叶儿的笔直花茎上跃出，格外清雅；那一整片花瓣儿，围成一个小圆朵儿，花型像小喇叭，花苞和花边又似马儿的蹄子，即植物学上说的佛焰苞。她内敛着，哪怕盛开，都像是含着娇羞，花苞中心黄嫩嫩的肉质柱状花序虽然直伸着展露容颜，却也极懂规矩，不会越出花瓣之外，让花儿有了一份高深的格调和规正的品质。她透出莲花般的清纯香味，整个花序与花苞的形状还有点儿像观音端坐在圣洁的莲座上。自然而然地，马蹄莲、佛焰苞、观音莲这些名字，便从这诸多的独特和清丽中延伸出来。

那时，我买了一只漂亮的瓷花盆，很想种上样貌非凡的马蹄莲。马蹄莲有白、黄、红等各色，我喜欢白色马蹄莲。想想看，纯白花瓣、嫩黄花序、碧绿茎叶的马蹄莲与漂亮的瓷花盆相亲相爱，该是多么温柔多么美。

这个愿望，真的是想想就美啊，也只能想想而已，马蹄莲全株都有毒，让我望而却步。她含有大量草酸钙结晶和生物碱等，块茎、花苞、肉穗等都有毒性。误食马蹄莲，会引起舌喉肿痛、呕吐、昏迷等中毒症状。接触到马蹄莲的汁液，也会有肌肤过敏等不良症状，特别是皮肤上有破损时，那马蹄莲的汁液就有可能顺着破损处进入血管，毒性会加速扩散，危及生命。

也许是既美且毒的特征，让她的用途也变得两极分化，她既是婚礼上的捧花，也是葬礼上的献花，还是一些国家的国花。期盼和失落，幸福和悲伤，荣耀与卑微，被她集于一怀，让她慢慢拥有了一种无可名状的伤感。这伤感，又常常融于得而不到的情爱中。爱的美，爱的毒，也许就只是存于那一念之中。

我不禁想起了台湾诗人郑愁予的诗歌《错误》，"我打江南走过／那等在季节里的容颜如莲花的开落／东风不来，三月的柳絮不飞／你的心如小小的寂寞的城／恰若青石的街道向晚／跫音不响，三月的春帷不揭／你的心是小小的窗扉紧掩／我哒哒的马蹄是美丽的错误／我不是归人，是个过客……"

这首诗并不是写马蹄莲的，但那如莲花般的容颜和哒哒远去的马蹄声，无一不透出马蹄莲般的忧伤。马蹄莲也仿佛只能是一个过客，不会成为温馨的港湾，不能等待，不能停留，不可依靠，不问归途。

马蹄莲，真的只能成为一帘幽梦吗？我想起了古代那个故事。故事中，她是被画在纸上的，有她的画儿，挂在一个书生住的房间里。读书累了时，书生喜欢观赏马蹄莲，马蹄莲的美，常常让书生疲倦顿消。书生甚至感觉，画中的马蹄莲，如同一位温婉女子，也注视着自己呢。某一个月夜，蒙眬之间，书生看见马蹄莲从画中走出来，果真是一位亭亭玉立的女子啊。书生连忙上前，握住马蹄莲的手。千般情谊，万般感慨，都凝聚成这盈盈一握。突然间，头顶上传来一个什么声响，书生猛地一抬眼，才发现，自己是做了一场美梦，马蹄莲依然在画中。

长久的凝视，也会带来深情么？而美梦，又多么令人流连。书生找来马蹄莲的种子，开始在房前屋后种植。精心地呵护和耐心地等待，马蹄莲如愿盛放。而这时，书生惊奇地发现，马蹄莲的叶子常常不翼而飞，他便同当地农户一起，日夜守护和观察，最终在某个深夜发现，让马蹄莲叶子消失的竟然是野猪，是野猪吃掉了马蹄莲的叶子。

这就是现实中的马蹄莲啊。对于人类而言，马蹄莲是禁忌内服的，外用才能发挥马蹄莲清热解毒的功效。例如，可以把新鲜马蹄莲的块茎和叶子洗净、捣烂、外敷，来治疗烫伤、预防破伤风等。而对于野猪，马蹄莲却是美食，只要能够撞见，它定会咔嚓咔嚓地吃得欢实。

那一帘幽梦带来的点点喜悦和滴滴忧愁，就这样一下子被冲走了。故事的结局，书生与现实和解，他接受了马蹄莲也被野猪喜爱的事实。同时，他学着保护马蹄莲，他建起了结实而高大的木质护栏，把马蹄莲围了起来。他的心里、眼中，便开满了素洁、纯真、朴实的马蹄莲。

雅俗共赏、亦虚亦实，也成为马蹄莲在现代生活的常态。庭园、街道，处处可见她实实在在的身影；楼堂馆所中用于美化环境而陈列的画作中，马蹄莲也是主角；音乐中、文字里，马蹄莲更是轻轻松松地展示着自己的美。那一眼可以望到底的素简与自然，令人一见如故。

最让马蹄莲充满趣味的，仍是她的叶子，不仅是野猪的美味，还可以治疗人类的轻微头痛症。把马蹄莲叶子洗净煎煮之后，用叶片煎煮出来的汤汁，轻涂于头部，或者取出叶片，轻敷于头部，都有效果。当然，操作时，要记得戴专业手套，要避开眼睛、鼻孔和嘴巴，不可让叶片和汤汁入眼入鼻入嘴，不要忘记马蹄莲的毒。

而我的漂亮新花盆，也只能空着。空着，也就留有了余地。再看马蹄莲，她早就高高飞扬了，游刃于狂野与斯文之间，于人猪共享时，令大自然莞尔。

绣球花

Hydrangea macrophylla (Thunb.) Seringe

绣球花，虎耳草科绣球属落叶小灌木，性味寒、苦、辛，有小毒，经过严格而专业的炮制和加工，可以清热、抗疟、止惊。

第一次在台湾阿里山见到绣球花时，我并不知道她有小毒。

我轻轻地抚摸了她，还与她合影。这种虎耳草科绣球属落叶小灌木的花，是由一朵朵长圆形小花瓣组成的小花紧密聚生成球形的大圆花，直径为8至20厘米。那圆圆满满的模样儿，真的就像一个绣满了花儿的球。阿里山温润清新的自然条件，更是让绣球花出落得水嫩光滑。

真是一朵福气的花儿呀。在现实生活中，绣球花常常被用作婚礼上新娘子的捧花。想那新娘子捧着她，笑吟吟地，背对观众，把她往观众席上使劲一抛，如同抛出了无限希望，令人遐想联翩。有多少未婚的人儿想得到她啊，得到她，仿佛得到一把开启幸福之门的钥匙。

绣球花也确实常常作为一只绣球，被大红色的丝绸布包着系着，成为中国古代某些地方女子相亲用的信物。那一般是在一年里的正月十五或八月十五，到了婚嫁之时的姑娘，立在绣楼上，向这一天集中在绣楼之下的求婚者抛出绣球。谁得到这个绣球，谁就可以成为这个姑娘的丈夫。当然，姑娘一般会看准意中人，特意把绣球抛到他身上，以方便他捡到。在很多地方，抬新娘的花轿顶上也常常结着一个绣球，意为吉庆瑞祥。

绣球花的花色也绚烂多彩，白的、红的、粉的、蓝的、紫的、绿的等，常常在和风中竞相开放。不同的开放程度，令她的颜色发生着深深浅浅的变化，开放初期的花色被称为"春色"，开放后期的花色被称为"秋色"。春色和秋色，好像被绣球花平分着，繁花似锦的江山就被渲染得更美了。

于是，绣球花就得到一个超凡的名字：八仙花。相传，绣球花和传说中的八位神仙颇有渊源。当年，八仙过海前，聚在八仙山八仙桌旁野餐，八仙之一的何仙姑见周围山清水秀、风光如画，不禁满心欢喜，她撒下仙花种子，以期锦上添花。第二年，八仙山等地区果然开遍了差不多有八种颜色的像圆球一样的鲜花，人们把这样的花叫做八仙花。

只是，倘若觉得艳丽的绣球花还像蓬松软绵的棉花糖和圆圆胖胖的大面包一样可爱，理所当然是可以食用的，那就错了。结束阿里山之行，回家查资料，我才发现绣球花性味寒、苦、辛并有小毒。那一刻，我真庆幸自己没有随便吃东西的习惯，没有品尝绣球花，没有被她另外一些很实在的名字"粉团花""面包花""棉花糖"诱惑。

一旦吃了绣球花，几小时后就会出现呕吐、腹痛现象，典型的中毒症状还包括出虚汗、虚弱无力、皮肤疼痛等，严重时会出现昏迷、抽搐、体内血液循环崩溃，最终导致死亡。有的人觉得绣球花好看，还爱把她放在卧室中，甚至把她摘下来，挂在床帐边做装饰，这也是不行的，因为绣球花还容易导致肌肤发痒、红肿、疼痛等过敏现象，过敏体质者尤甚。因此，对待绣球花，要亲密有间，不随意抚摸，不要将花、叶、果实、种子含在口中，更不要食用，中毒时要及时催吐、导泻、用活性炭吸附及对症治疗。

再次见到绣球花，是在湖南省株洲县龙凤乡。那天，我在采摘药草。走走停停，逛遍了整个乡村。在一方幽深、安静、透明的水潭边小憩时，不经意间回眸，绣球花撞入我的眼里，在一家农户的庭院前，她的朵朵小花正向着天空伸展。

我没有想到，在这样一个僻静的地方也可以看到绣球花，在我的印象里，绣球花一般多被栽培在繁华热闹处。花的主人是一个小女孩，黑亮的眼睛里盈着笑意，迎着我惊讶的目光。我连忙告诉她，绣球花有小毒，可不能随便吃和玩呀。小女孩点点头，她说自己不会吃，也不会玩，只是种在这儿。她是听人说，只要家门前有绣球花盛开，一家人就一定会团聚、相守、有盼头，因为，绣球花从来都是紧紧拥成一团并努力向上生长的。原来，小女孩是带着绣球花，在盼着亲人归来。

难怪绣球花还叫"团聚花""团结花"啊，她寓意着"美满、团聚、希望"，饱满的花相、绮丽的姿态，象征着与亲人之间斩不断的联系，无论分开多久，都会团圆。得到绣球花祝福的人，会极富忍耐力和包容力，会让自己的人生出彩，会葆有生活的希望。等待中的绣球花，竟是那样令人心安。

我突然觉得，我们也可以不要那么在意绣球花的毒性了。我们更应该看到的，是她的深刻含义、厚重希望。而且，医药书上也记载说，绣球花虽然有毒，但是经过专业而正确的方法加工后，能够"治疟疾、心热惊悸、烦躁"。内服时煎汤饮用，外用时用清水煎洗或磨汁研膏涂抹。绣球花，依然是优美而实用的品种呀。

我的目光越发深情地拥抱了绣球花。我看到，绣球花也同样深情地回报了我。"我见青山多妩媚，料青山见我应如是。"

幸福，就像花儿一样。

花烛

Anthurium andraeanum Linden

花烛,天南星科花烛属多年生常绿草本植物,性味温、苦、辛,有毒,平常养护宜置于通风透气处,经过严格而专业的炮制和加工,方可祛病除邪。

我喜欢把红掌叫做花烛。

红掌的学名，就叫花烛。那个春天，当一片又一片卓然盛开的红掌纷然扑来，惊动我眼帘的，却是一枚枚携着火苗轻舞飞扬的花烛。"忆昔岁除夜，见君花烛前。"啊，花烛，才是与良辰美景相配的呀。

想那旧时汉族新婚之时，厅堂里、过道中、洞房内，嵌刻着金银龙凤彩饰的大红色蜡烛成双成对地燃着，跃动的火焰，轻飘的微烟，携着清风，伴着明月，在温柔含羞的眼波里悄悄流转，生动、喜庆的光景便升腾着展开了。"洞房花烛明，燕余双舞轻。"真似南北朝时期文学家庾信《和咏舞》描述的一样啊。

独一无二的荣光时刻，是需要仪式感的。作为天南星科花烛属多年生常绿草本植物，花烛也仿佛天生就具备了这份担当。那宽厚的长圆状绿叶，那绿叶中挺拔的细长叶柄，那叶柄承接的一瓣卵心形的红色苞片，那苞片托住的一柱黄色的肉穗花序，无一不是由内至外地焕发出夺目光彩的。因形似庙里供奉佛祖的烛台上燃烧着的烛焰，花序还被称为"佛焰花序"，苞片也得名"佛焰苞"，如此庄重而仪式感十足的称谓，让这心形的花烛，承载了绵长的情怀。

难怪，花烛最初在拉丁美洲的热带雨林那温暖湿润的沟谷地带生活的时候，被当地人寄予了深厚而特殊的情感。传说她最早是掌管火种的仙子手中散落的火星。在一次逍遥的神仙游中，仙子经过一片热带雨林，见林中比较昏暗，便顺手从掌心里抛出一串火星，照亮前方飘飞的仙路。火星落在土地上，全变成了红彤彤的心形的、中间还带着黄灿灿之蕊的花儿。花儿降落时，恰逢一场人间婚礼正在举行，大家见到天降之火花，都认为是天降祥福，连忙把花儿移进新房的庭院中。花儿，和着新房的点点烛光,让新房内外更加亮堂了。大家情不自禁地唤之为"花烛"。花烛,便在热带雨林中明艳地生长起来。

烛光荡漾的时刻,是令人留恋的,那光与影恋恋交织的,是簇新的期望。掌心向上的模样,也令人欢喜,那敞开手心里展现的,是火红的前景。似水年华中,花烛以热情、热血、光明、希望的花语,饱绽着发自内心的光华。她与中国古代唯物哲学的核心阴阳五行相吻合,在五色"青、赤、黄、白、玄"中,她是赤色,即红色;在五行"木、火、土、金、水"中,她属火,"火曰炎上",代表了温热、向上等性质;在五脏"肝、心、脾、肺、肾"中,她属心。她代表的就是红心啊,饱满,深情。

我轻轻地握上花烛的那片红掌,我以为会覆上一片柔软,但她,却出乎意料地,以硬气的蜡烛一般的清泠来应和我。我又轻轻地抚摸她的黄色花序、绿色叶片,呀,全都饱含着蜡烛冷艳的质感,真是像着那洞房里的花烛,任我一次又一次地轻抚,她都坚挺自然,从不迁就。花烛的这种带有光亮、仿佛皮革的质感,是热带雨林植物特有的,热带雨林独特的气候,造就了她的硬朗爽洁、不染尘埃。环绕在花烛身边的绿水青山,也在这样的熏染中,更见纯净和明致了。

一阵细雨飘飞而来,落上花烛那一丛耀眼的红、黄、绿,眼看着会作稍稍停留,一丝惊喜正悄悄拂过脸庞呢,而眼睫毛都还没来得及眨一下,细雨珠儿就急速地滑下了,宛若天边依稀闪过的微光,风儿还未吹来,踪影就已不见。再定睛观花烛,那花叶间,不正依然隐着浅浅笑意,稳稳地将自己立在那儿么?

真是别有一番风味。花烛的性味,也是既温和,又苦辛。她可以用柔美外表为生活增添异彩,来防止辐射、净化空气、美化环境;又可以以强大内心铸就镇静祛风、化痰止痛、消肿散结等作用，来治疗顽痰咳嗽、胸膈胀闷、眩晕惊风等症；更重要的是，她还天生自带毒性。特别是新鲜嫩活时候的她，毒性最为强烈，经过晒干等加工程序之后，她的毒性会减弱一些，但是不会消失。

她的毒主要集中在花、叶、茎、根的汁液中，皮肤接触后会感受到强烈的刺激，出现瘙痒、麻木、溃烂等现象。如不慎误食了她，危险更可能到来，口腔咽喉部位会发痒、灼辣、糜烂，产生味觉丧失、张口困难、大量流涎、头晕心慌、四肢发麻等中毒症状，严重时会昏迷、窒息、惊厥、因呼吸衰竭而亡。

携着毒，花烛更具个性、更教人敬畏了。要知道，那世间的无知、无礼、轻慢、侵犯，在毒面前，都不堪一击。更何况，花烛，还美着、实用着呢，平常与她相处时，让她立在通风透气的地方，她就能滋养我们的眼和心。想要栽培她时，戴上防护手套等有隔离效果的用品，就不会被汁液沾染。想让她来治疗疾病时，将她的根、茎、叶、花经过严格的专业炮制之后再使用，她就能够帮助我们祛病除邪。

于是，花烛，带着别样情愫，摇曳在我们发现美的目光中。她自带光芒，哪儿有她，哪儿就会有灼灼亮光，潇潇泻下。而她，只是沉静从容地融于那令她魅力四射的光明之中，令懂她的人，与她相和而美、相知而长，并深深陶醉。

花烛，似一道光，照亮了前方。

朱槿

Hibiscus rosa-sinensis Linn.

朱槿,锦葵科木槿属常绿灌木,有小毒,多作外用,可清肺化痰、凉血解毒、利尿消肿。

"瘴烟长暖无霜雪，槿艳繁花满树红。每叹芳菲四时厌，不知开落有春风。"

真是喜欢唐代诗人李绅的《朱槿花》。在温暖湿润的日子里，朱槿，将红艳姣美的容颜，徐徐绽放，宛若一个温婉可人的女子，轻启朱唇，笑应春风。

作为锦葵科木槿属常绿灌木，朱槿与众不同，她是扶桑这种树木中开出红色花朵的一种，确切地说，扶桑，又名佛桑、朱槿、赤槿、日及。明代医药学家李时珍在《本草纲目》中说："扶桑产南方，乃木槿别种。二枝柯柔弱，叶深绿，微涩如桑。其花有红、黄、白三色，红者尤贵，呼为朱槿。"明末清初学者屈大均在《广东新语》中也说："佛桑，枝叶类桑，花丹色者名朱槿，白者曰白槿。"在中国岭南、马来西亚等地，朱槿还有个简单直白的名字：大红花，像我们童年时对所有不知名的红色花朵的统称。

很早的时候，朱槿就和其他花色的扶桑一起，与太阳有了关联。"东海日出处有扶桑树。此花光艳照日，其叶似桑，因以比之。"李时珍对此说得很清楚。中国文学史上第一部浪漫主义诗歌总集《楚辞》的"暾将出兮东方，照吾槛兮扶桑"及东汉文学家王逸的注释："日出，下浴于汤谷，上拂其扶桑，爰始而登，照曜四方"也说到这一点。东晋文学家陶潜《闲情赋》的"悲扶桑之舒光，奄灭景而藏明"，更是用扶桑代指太阳而发出感叹：可叹平旦日出大展天光，登时便要火灭烛熄隐藏光。中国古代文学史研究者逯钦立为此校注："扶桑，传说日出的地方。这里代指太阳。"据传，在古代的东方大海，太阳神车驾升起的地方，有两棵相互扶持生长的大桑树，人们把这桑树称为"扶桑"。这个传说和汉代学者编撰的志怪小说集《海内十洲记》说的大致相同："多生林木，叶如桑。又有椹，树长者二千丈，大二千余围。树两两同根偶生，更相依倚，是以名为扶桑也。"

真是"东方闻有扶桑木，南土今开朱槿花。想得分根自旸谷，至今犹带日精华。"透过宋代诗人姜特立的《佛桑花》，我们看到红艳艳之朱槿与红彤彤之太阳的相融相和。在西晋时期植物学家、文学家嵇含著的世界上最早的区系植物志、中国现存最早的植物志《南方草木状》中，朱槿美得细致而浓烈："其花深红色，五出，大如蜀葵，重敷柔泽。有蕊一条，长如花叶，上缀金屑，日光所烁，疑若焰生。一丛之上，日开数百朵，朝开暮落。自一月始，至中冬乃歇。"

只是，那明艳鲜红的花、那长出花瓣且顶端点缀着金黄粉屑的蕊，以及朝开暮落、前花落了后花开、花期较长、插枝即活的性情，带来的却是容易导致皮肤过敏、血压下降等方面的毒副作用，体质虚弱者尤甚。因此，朱槿的花、叶、茎、根虽然都可以入药，有清肺化痰、凉血解毒、利尿消肿等功效，但须得经过专业而正规的炮制后方可谨慎使用。采摘她时，也最好戴上防护手套。临床上有因为过分接触和不当使用朱槿而危及生命的案例。实际上，朱槿更适合外用，李时珍认为她的花和叶治疗痈疽腮肿效果好，"取叶或花，同白芙蓉叶、牛蒡叶、白蜜研膏傅之，即散"。

尽管有不足和不便，朱槿依然令人流连忘返。据记载，北宋书法家、诗人蔡襄酷爱她，在漳州做写事判官时，于晚秋季节在某庭园内看到数十株朱槿，当即作诗，大加赞赏。不久，他要离开漳州往东，临行前又特意去庭园内观看一回，同时作诗一首。15年后，他再次来到漳州，还专程去庭园观赏朱槿，作小序一篇，并将前后 3 次观赏朱槿之事记录下来留作纪念。经年不忘朱槿，蔡襄对朱槿用情多么深啊。

朱槿也值得人们用心相待。她在道旁、池畔、墙边、亭前、院落舒展的身影，被赋予了各种意义，且浓妆淡抹总相宜。她被喻为烈火般爱国爱家的感情，成为热情爽朗的象征和安居乐业、兴旺发达的标志。她被当作浪漫和激情的天使，用于节日和庆典。她是马来西亚、苏丹、斐济等国的国花，斐济人每年 8 月举行的历时 7 天的"红花节"期间，就是用朱槿花来装饰大街小巷、牌楼车辆的，在花的海洋中，人们张灯结彩、盛装游行。

最有趣的是，朱槿被美国夏威夷的土著女郎用来表达情思，据说，她们把朱槿花佩戴在不同地方，表达不同的含义：把花插在左耳上方，表示"我希望有爱人"；插在右耳上方，表示"我已经有爱人了"；左耳右耳上方都插上，表示"我已经有爱人了，但是如果可以的话，多来一个爱我的人，我也欢迎"。

真是新颖别致的表达，令人忍俊不禁。特别是让朱槿在双耳上方展颜微笑，分外生动，别具光辉。谁不喜欢被更多的人爱着呢？

醉蝶花

Cleome spinosa Jacq.

  醉蝶花，山柑科白花菜属草本植物，性味辛、涩、平，有小毒，经过严格而专业的炮制和加工，可以祛风散寒、消炎除毒、杀虫止痒。

醉蝶花的清嫩细滑，令我猝不及防。

那天，我只是轻轻拥住她，想与她文文静静地合个影呢，她却不管不顾地、一下子飞入我的怀抱，把那粉的、紫的、红的、白的细长圆形花瓣儿，和青绿的似油菜花茎秆一般的细茎、细须，以及花叶茎须间流出的略为黏稠的有特殊气味的汁液，一股脑地，沾染在我的衣襟、长袖和双手上。

她是醉了么？

而我，却真是醉了。我陶醉在被花儿这样热烈奔放地拥抱与依恋的时光里。这么多的花、叶、汁呀，把我撞得个满眼满怀，令我目不暇接。而撞向我之后，她们就安静了，伏在我的衣上手上，根本就不想着离开。

果然像传说中的蝶花之恋一样么？我张着双手，也舍不得花儿离开。很久以前的一个传说跳进我脑海。传说中的醉蝶花没有名字。某一天，一只漂亮的花蝴蝶无意间飞入花丛中，花儿也自然而然给予花蝴蝶热情的拥抱，花蝴蝶变得更花了，并瞬间沉醉在这一片花海中。后来的日子里，人们经常看到蝴蝶在花丛中翩翩起舞，花儿也似蝴蝶一般地轻盈飘逸，一幅蝶花相伴舞天涯的图画油然而生。人们便把这花儿叫做醉蝶花。

而蝴蝶与醉蝶花也很早就被古人喜爱。两者之间的缠绵，还荡漾在中国古代爱情故事"梁祝化蝶"里。故事中女主人公是曾经女扮男装外出求学的祝英台，男主人公是曾经与她同窗三年的梁山伯。两人深深相爱，有意结成百年之好，不料被家人强行拆散，祝英台被许配给马文才，梁山伯相思成疾不治身亡。悲痛的祝英台在出嫁路上要求拜祭"梁兄"，一到墓边，就逢一声惊雷劈过，墓即裂开，祝英台便跳进去与梁山伯"死而同穴"了。不久，两人从墓中"化蝶"飞升，相依相伴、无拘无束地"徜徉在花丛间",那花儿,大多是醉蝶花。

梁祝的故事是有史料记载的,只是发生的时间和地点存在不同版本。唐初(公元 705—732 年)学者梁载言的《十道四番志》说:"义妇祝英台与梁山伯同冢,即其事也。"晚唐(公元 851 年)学者张读的《宣室志》也记载了两人"并埋"后,"晋丞相谢安表其墓曰'义妇冢'",谢安(公元 320—385 年)是东晋名士。可见,梁祝的故事应该发生在东晋时期,是历史的真实事件。当然,"化蝶"就是民间传说和戏剧演绎了。而这个凄美爱情故事的结尾,二人化的是蝴蝶,而不是其他飞虫或飞鸟,足见古人对蝴蝶的喜爱和重视。蝶之形成,经过了蚕蛹"破茧成蝶"的艰难过程,蝴蝶代表的是重生、希望,是人们追求美好生活和纯净爱情的心愿。

蝴蝶青睐醉蝶花,其实也是蝴蝶的天性,蝴蝶本来就"好嗅花香"。蝴蝶,又叫蛱蝶,"蛱蝶轻薄,夹翅而飞,栩栩然也。蝶美于须,蛾美于眉,故又名蝴蝶,俗谓须为胡也。"这是明代医药学家李时珍对蝴蝶的释名。蝶戏花间,浑然天成。

那传说中的蝴蝶,早就飘飞在清远的意境里。一生"逍遥"的战国中期哲学家、文学家庄子特别向往这种境界,他及其后学所著道家著作《庄子·齐物论》中作了如是记载:"昔者庄周梦为胡蝶,栩栩然胡蝶也,自喻适志与!不知周也。俄然觉,则蘧蘧然周也。不知周之梦为胡蝶与,胡蝶之梦为周与?周与胡蝶,则必有分矣。此之谓物化。"梦到自己变成蝴蝶,醒来后却不知道梦中到底是自己变成了蝴蝶还是蝴蝶变成了自己。想了很久,庄子终于意识到,"庄周还是庄周,蝴蝶还是蝴蝶",区分两者并没有多大意义,远离世事纷扰、享受梦中的自由和安逸,才是一种莫大的幸福。这,也是醉蝶花和蝴蝶的境界吧。

秋天的阳光，缓缓地流动，柔和，轻淡。我看见衣上手上的花、叶、汁，闪着灵动的光，朗润，清泽，似明珠在暗夜里焕发清辉。我慢慢想起来了，醉蝶花性味辛、涩、平，有小毒，她毒性最集中的部分是花、叶、茎里的汁液。倘若毒素沿着有破损的皮肤进入血管或被不慎食入，会引起呕吐、腹痛、皮肤瘙痒等中毒症状。

而这些含毒物质，正看起来非常享受地与我亲密无间。注视着这些沾染在我手上、正在慢慢干涸的汁液，我竟然没有一丝害怕。我大约是不怕毒的。我的皮肤也没有破损，倘若有毒素，也进不了身体。

再转过头，看那生长在土地里的醉蝶花，她依然兀自昂扬地舞动着，风姿绰约。她才不会去揣测我们的想法呢，这样的天生丽质和浪漫情怀，美也美不够，爱也爱不够，哪有时间去顾及其他呢？她只管将同样的爱，给予每一个来到她面前的生命。她只管在每一份爱中，自然地、自由地、自在地成长。

看，那飞向她的蜜蜂，情不自禁地与她甜蜜相拥，她，便优雅地吐露芬芳，成为优良的蜜源植物，以晶莹剔透的花蜜，带来健体养颜的功效；那飞向她的鸟儿，也忍不住携着她一路飞翔，她，便潇洒跟随，并开遍天涯，哪怕落在污染较重的地方也能安然生长，还随时大力地对抗二氧化硫、氯气等，让周边环境变得洁净清新、赏心悦目。她祛风散寒、杀虫止痒的功能令人欢喜，又被民间医生试用于肝癌的治疗。从她身上提取的精油，亦是既纯粹又实用。她的花色，还常常因为花朵自带的自变色功能，在短时间内从花蕾到花瓣由内向外次第渐变成粉白、淡红、淡紫等各种颜色，似梦似幻，宛若庄子梦中迷人的蝴蝶。

彩蝶纷飞，花彩迷离，花儿和蝶儿都醉在难分难舍的情愫中。

金花茶

Camellia nitidissima C. W. Chi

金花茶，山茶科山茶属常绿灌木或小乔木，性味偏寒，有小毒，正确而适量地使用，可以清心安神、养颜排毒、增强免疫力。

金花茶和观音山在一起，真是美得不可方物。

那天，我沿着佛光路，慢慢往山上走，经过百鸟园、怡心亭、仙宫岭、八仙过海、感恩湖等景点，到达观音广场的时候，脑海里跳出的就是这句话。

那金花茶，是怎样的光彩夺目啊。明艳的金黄色的花儿，像是涂了一层薄薄亮亮的半透明的蜡，晶莹、油润、光耀，花朵儿有杯状、壶状、碗状等形态，娇艳多姿。她们一律从疏松有致的淡灰黄枝条和精巧有型的深绿叶儿中，探出身子来，星星点点地亮着，陪伴着这一路同行的人。

我不时缓下脚步，与这美妙的精灵儿相视一笑。金花茶属于山茶科山茶属，她的孪生姐妹山茶花是中国传统名花，自古以来就被誉为"花中珍品"。而"茶花金色天下贵"，金花茶更是价格昂贵，被冠以"茶族皇后"之美称。

19世纪以前，金花茶就像一个传说，许多人为了找寻她，历尽艰辛。明代医药学家李时珍广搜博采，也未能找到金黄色山茶，只能在《本草纲目》中记载下来："山茶产南方。……又有一捻红、千叶红、千叶白等名，不可胜数，叶各小异。或云亦有黄色者。"明代学者吴彦匡在《花史》中对山茶花品种进行描写分类时，也说山茶花有红、粉、桃红、白色、红白相间等丰富多彩的花色，唯独黄色罕见。

当金花茶这高2至5米的常绿灌木或小乔木于1960年被中国科学工作者首次在广西南宁一带发现时，仿佛奢侈的幸福和意外的惊喜来到世间。因为她的花儿有着黄金般的颜色，她便被叫了金花茶。她多生长在海拔100至200米的土壤疏松、排水良好的低缓丘陵或阴坡溪沟处，喜欢温暖湿润的气候，对于光照和热量的要求也特别高，常常和买麻藤、刺果藤、鹅掌楸、楠木等同样对生长环境要求很高的植物生活在一起，她的自然分布范围极其狭窄，数量有限，被列为中国一级保护植物。

如此珍贵独特的植物，在观音山安然生长着，真是两两相和而美。据说，金花茶是观音菩萨净瓶中的甘露凝聚而成的。观音圣临，常常是一场盛大的景观。例如，《西游记》中群魔乱舞的混战时刻，只要观音一到，一切有火焰、青烟、黄沙等混乱场景的画面便烟消雾散，妖怪也立即现了原形。那盛景中，观音常常安详平和地立于金色莲花上，右手持杨柳枝，左手握净瓶，用杨柳枝蘸些许净瓶里的甘露，轻轻洒着，洒向大众，使人安定、教人如意。那滴滴甘露，也被称为圣水。圣水飘在人的身上，也飘在静谧的空气中，飘飞的水分子，更是凝聚成金黄色的金茶花，开在广袤的土地上，开成一团福气、一朵祥云。

是的，金花茶就是幸福吉祥的象征。她以空灵澄澈的情怀和超然脱俗的模样，表达禅心悟性、坚忍静默；还以药用和食用价值，表达对生命永恒的爱。

金花茶的花、叶、根都可以入药。她的花儿可以主治吐血衄血、肠风下血，服用时加入姜汁、酒调和即可，对于便血、痢疾等症，效果更是不错。若是不小心被汤火伤灼，可把洗净晾干的花儿研成粉末状，和着麻油调涂。有烂疮者，可用花儿煎水冲洗。

采摘金花茶的花瓣儿，以专业方法加工，还可以制成天然、纯粹、无污染的食物染色剂。那抹金黄，染在馒头、包子、饺子、米饭、面条等食物上，食物便既漂亮美味，又开胃醒神。用金花茶的花儿、叶儿和根儿泡出的茶，也醇厚芬芳，不仅能够清心安神、养颜排毒、增强免疫力，还有降血糖、降血压、降血脂的辅助治疗作用。

经过了多少年的修炼，才会有这既入世又出世的优美实用的金花茶啊。不过，就像任何美好纯粹的东西都是不可以随意接近和拥有的一样，金花茶也不能随意接触和食用。她的花粉，容易引发皮肤发痒、发红、发热和疼痛等过敏反应，若花粉不慎入眼入鼻，还会引起结膜炎、鼻炎等病症，本身属于过敏体质者，就更不要随便靠近她了。食用金花茶，要适量，且不宜空腹，以免刺激胃黏膜、产生腹泻等不良反应。体质虚寒、脾胃功能较弱、神经衰弱的人最好不要食用金花茶，否则失眠、心悸以及各种寒、弱症状有可能加重，严重时会有生命危险。

所以，金花茶的身体里，深藏着春、夏、秋、冬，有热有冷，有寒有凉。四时更替中，她的每一次绽放，都饱含着虔诚与恭敬。

立在广场许愿树前，我许下自己的心愿。与许愿树间隔不远处，金花茶静默独立。我久久地凝视她。我看到，那拈花微笑的感动，宛若盛开的金花茶，伴着清风明月，慢慢开满我的心田。

Poisonous Flowers

PART 3

毒箭木魅影

这些清朗的树,独自美着。有的像毒箭木,开花结果;有的像雨树,枝繁叶茂。那花儿、果儿、叶儿,好看得令人很想捧进手心。可惜,有些好看的,就真是只能好好看看的。

见血封喉

Antiaris toxicaria Lesch.

见血封喉，桑科见血封喉属乔木，性味苦、温，有剧毒，经过严格而专业的加工和炮制，可以强心、泻下、解热、消炎。

见血封喉，名字一出，令人寒噤不止。仿佛一把带血的剑猛地刺将过来，淋漓的鲜血迅速浸渍、流散。

这看似普通、高约25至40米的桑科见血封喉属乔木，据说是世界上最毒的树。如果不慎被她的皮或叶划破了手，汁液通过破损的皮肤进入血管中，便极有可能无法抬腿迈出第七步，这就是民间说法中的"七上八下九倒地"，意思就是说，如果中了见血封喉的毒，那么往高处只能走七步，往低处只能走八步，但无论如何，走到第九步，都会倒地毙命。见血封喉树皮破损后流出的乳白色汁液有剧毒，一旦汁液经伤口进入人畜的血液，即可使中毒者心脏麻痹、血管封闭、血液凝固，以至窒息死亡。如果不小心让汁液溅入眼内，眼睛就会马上失明。

真是令人心生恐惧。见血封喉另外的名字"箭毒木""剪刀树""毒箭木"等，都强化了这种恐惧。据说，最早发现见血封喉汁液含有剧毒的是一位猎人。在一次狩猎中，这位猎人被一只硕大的狗熊穷追不舍，被迫爬上一棵大树，走投无路之际，他胡乱折断一根树枝刺向正在往树上爬的狗熊。结果奇迹发生，狗熊竟立刻落地而死。猎人爬上的树就是见血封喉。从那以后，人们学会了把见血封喉的汁液涂在箭头上用于狩猎和战争，射杀野兽或敌人。古代印第安人还经常在见血封喉的树干部分割开一个口子，把箭头放在切口下，让汁液流出，直接流在箭头上。英国殖民者侵入美洲时，印第安人用这样的箭来抵抗侵略者。起初，英国士兵不知道这箭的厉害，中箭后仍然勇往直前，但很快倒地身亡。毒箭的杀伤力，使英军惊骇万分，再也不敢轻举妄动了。

中国海南与云南等地可以见到见血封喉。我第一次见到她时，并不觉得她有多么可怕，她的树皮是灰色的，碧绿苍翠的树叶繁茂盛开，姿态俊秀，好似一位温良安静的雅士，我很想摸摸她的树皮和树叶，但很快被当地人阻止。他们担心各种万一，万一树皮有微小的破损，万一我的皮肤有极小的划痕，万一那汁液顺着小痕进入了血管，那么，都是有可能中毒的。在这样的告诫下，我缩回了手。

见血封喉确是威力无比的。她根系发达，抗风能力强，在风灾频繁的滨海地区，哪怕只是孤立木，也不容易被风吹倒。她的四周，基本上没有长其他的树，连杂草都很少。也许是为了防止她"无意杀人"，人们还常常让她享受"特殊待遇"，用一道严实的铁栅栏团团围住她，让她过着单独"幽禁"的生活。

真是一棵孤独的树啊。曾经有人想让她不要那么孤独，就把曼陀罗花和乌头移植到她旁边，想让这有毒却好看的花草儿陪伴她，共同走过春夏秋冬。想想，不怒自威的见血封喉旁边，也是花团锦簇的，那将是一幅多么和美的图面啊。而且大家都有毒，谁也伤害不了谁，也算皆大欢喜。

然而，见血封喉显然不乐意。有曼陀罗花和乌头陪着，她好像变得颓唐无力了，树叶开始发黄凋落。她旁边的曼陀罗花和乌头也变得萎靡不振，并且还不开花。面对这样的毒物，人们瞅了又瞅，想了又想，最终让曼陀罗花和乌头回到了她们原来生长的地方。没过多久，奇迹果然产生，分开后的见血封喉、曼陀罗花和乌头又都生机勃勃了。

原来，越是强大，越是自甘孤独，孤独是她们心中守护的神，见血封喉、曼陀罗花、乌头大约都是如此吧。不过，见血封喉是真的愈加孤独了，随着森林不断被破坏，她的植株逐渐减少，她已属于濒危，被列为国家三级保护植物。

而孤独的，往往珍贵。

在很早的时候，人们就发现见血封喉的树皮是一种很好的原料，通过击打、浸泡、排毒等严格工序后，可以制作出舒适耐用的毯子、垫子或者布料，用布料缝制出来的衣裙，轻曼柔韧，亮丽典雅。那时的女子，常常在盛大节日时才舍得穿上它。

近年来，人们又发现见血封喉的毒液里还有大量药物成分，含量最多的是强心甙类化合物，可以治疗冠心病、高血压、乳腺炎、恶性肿瘤等症。强心甙难以通过口服吸收，科学家们便推测见血封喉的毒性主要是通过血液循环系统起作用，而不是消化系统。之所以得出这样的推测结果，还有最重要的一点，即用涂有见血封喉汁液的毒箭猎杀的动物必死无疑，但人们食用这个动物却不会中毒。

这真是很有意思。也许，见血封喉的心中，也隐约藏有一份脉脉温情吧。只是，我们没法走进她的内心，触摸不到那份柔软。当然，即便我们深懂其心，也不敢随便吃涂有她汁液的毒箭猎杀过的动物。

见血封喉，一直独自美着。春夏之际，她会开出漂亮的花儿。秋天到来，她会结出一个个如小梨子一般大小的红色果实。果肉质的果实虽然味道极苦，又含毒素，却和花儿一样的好看。那花儿和果儿，让我很想把她们捧在手心。

可惜，不能随便捧在手心。有些好看的，就真是只能好好看看的。

秋枫

Bischofia javanica Bl.

秋枫，大戟科秋枫属乔木，性味辛、苦、寒，有毒，经过严格而专业的炮制和加工，可以疗水肿、止水痢、下水气。

秋枫，能够代表爱情，是我在贵州小七孔鸳鸯湖看到的奇妙景象。

靠近鸳鸯湖，奇巧和秀美便映入眼帘。从岸上望去，只觉碧波透彻，好似一面明镜，玲珑得一览无余；泛舟于其上，才惊觉个中水道竟是蜿蜒曲折的，像一座小小迷宫。喜悦，一下子在心里漾开；手臂，也下意识地用上了力气。几桨划过，绕开那迷宫里的树、石、岛，眼前又豁然开朗了。

这是没有鸳鸯的鸳鸯湖。一般被称为鸳鸯湖的，通常是因为湖内栖息着出双入对、象征着爱情的鸟类鸳鸯，鸳指雄鸟，鸯指雌鸟，鸳鸯属合成词。"鸳鸯终日并游。有宛在水中央之意也。"但是，为什么要走常规路线呢？这鸳鸯湖显然与众不同，它荡漾着爱情，却不是因为鸳鸯，而是因为湖内三三两两地长着的秋枫。秋枫，才是鸳鸯湖上动人的风景。

那秋枫，也不知道是过了多少年，才长成那般颀长、高迈的模样。他们往往成双成对地立着，从水里、小石中、小山坡里长出树干枝丫。根，在湖水深处蔓蔓相连；枝叶，在阳光与风雨中柔柔相握。真是像极了一对相爱的人儿，和着自带的清香，闲散飘摇，把彼此的爱缓缓传扬。

秋枫是枫树的一种。以枫喻人，自古有之。"枫树枝弱善摇，故字从风。俗称香枫。"明代医药学家李时珍用简短的语言，道出了枫树的概貌。香自飘摇出，不也是有情人儿之间隐秘的召唤和吸引么？最让枫树具备人形的，是他们年长后，树木外皮会隆起一种叫做瘤瘿的块状物，这和唐代学者刘恂在《岭表录异》中记载的一样："枫人岭多枫树。树老，则有瘤瘿。"南唐宰相宋齐丘的《化书》也说："老枫化为羽人。数说不同，大抵瘿瘤之说，犹有理也。"远远看去，那秋枫，真像各具姿态的妙人儿。

因为秋枫，鸳鸯湖便拥有了爱情的光环。这种爱情持久而专一。只要没有遭遇强烈的地壳运动或各种灾难，两棵相亲相爱的秋枫便会长久地在一起，真正地爱到海枯石烂、地老天荒。从这个角度来说，秋枫的爱情比鸳鸯的更源远流长。鸳鸯最早是形容男人与男人之间的感情的。据中国现存最早的一部诗文总集《昭明文选》记载，西汉大臣苏武形容自己和将士李陵"夕为鸳与鸯，今为参与商"，大意是两人以前就像是鸳鸯一样的好兄弟，现在却如同参星和商星，一个在西，一个在东，此出彼没，不能相聚。这是苏武在与李陵惜别并互赠诗句时作出的比喻。苏武和李陵都曾在匈奴处落难，苏武最终重返故土，李陵再未返乡。大约到了唐代，"鸳鸯"才成为男女爱情的比喻，唐代诗人卢照邻的《长安古意》有这样一句："得成比目何辞死，愿作鸳鸯不羡仙。"他觉得只要能和心爱的人厮守在一起，情愿做凡人，不羡慕神仙。由此可见，鸳鸯的爱情，来得稍微有点晚；秋枫，却是自从长成，就有了爱情的意义。

而那枫树上的瘤瘿会随着岁月的流逝而增长，又让秋枫平添几分灵异，南北朝时期刘宋史学家荀伯子的《临川记》云："岭南枫木，岁久生瘤如人形，遇暴雷骤雨则暗长三五尺，谓之枫人。"古代因此有人将枫树奉为神灵，南朝梁代文学家任昉的《述异记》曰："南中有枫子鬼。木之老者为人形，亦呼为灵枫，盖瘤瘿也。至今越巫有得之者，以雕刻鬼神，可致灵异。"

灵异，带来的是一种特别的神秘感。秋枫的根、皮、瘤瘿还是辛、平、有毒的，又让这种神秘感得以强化。秋枫是大戟科秋枫属乔木，大戟是性味辛、苦、寒的有毒药草，被中国现存最早的药物学专著《神农本草经》列为"下品"，下品为佐、使，主治病以应地，多毒，不可久服，可除寒热邪气，破积聚，愈疾。大戟会戟人咽喉、泻肺、损真气、致人吐血，体质弱者中毒更快，症状更严重，更容易有致命危险。秋枫中毒与大戟中毒症状相似，过敏体质者抚摸秋枫还会皮肤过敏，秋枫树上生出的菌也有毒，"食之令人笑不止"。

  这样的毒性，也是像极了爱情的某些特点啊。有时，爱上一个人，仿佛染上一种病，那样朝思暮想、寝食不安，不是和心神失调、脾胃不和的症状很相似么？好在，爱情之毒，是有各种消解办法的。秋枫之毒也有一定的解决方法，当然，前提是必须得抢救及时。古人曾用地浆来救治秋枫中毒，地浆是地里的土熬制而成的浆液。现代医学中，救治的方法就比较多了，止血、导泻、灭菌等，都可以用得上。

  所以，不要害怕"毒"。正如，不要因为爱情有"毒"、就不去尝试和拥有它一样。毕竟，觅得一份美好的爱情，是令人身心愉悦的。和秋枫在一起，要学会与毒共舞。除去秋枫树上长出的瘤瘿是完全不能食用和接触的之外，秋枫的根、树皮、枝叶都可以通过正确而专业的炮制方法来加以运用。"凡采得以浆水煮软，去骨，晒干用。"将秋枫的根、皮、枝、叶煮汁用、煎汤浴，可以疗水肿、止水痢、下水气。于是，秋枫，伴着爱情，令人神清气爽。

  秋枫式爱情，也为鸳鸯湖增添了别样的风采。那个春天，我与秋枫邂逅，划船流连于鸳鸯湖。我记起，到达鸳鸯湖之前，我的右手手臂突发前所未有的疼痛、不能顺利起落，但上岸后，手臂就活动自如了。我心生欢喜，划船运动的确是治疗手臂疼痛的有效方法之一，而秋枫和鸳鸯湖也是可以给人带来好运的。

  湖水清且涟漪，怎能不忆秋枫？

刺桐

Erythrina variegate Linn.

刺桐,豆科刺桐属落叶乔木,性味苦、平,有毒,经过严格而专业的炮制和加工,有舒筋通络、祛风杀虫之效。

在泉州的时候，我一直在寻找刺桐。

我不知道，她吸引我的，是美，还是有刺、有毒。

我只知道，她的模样，早已清晰地映入了我的脑海。那高大的树干上，佛焰苞状的花和形大如手的叶交替着吐露芬芳。花儿盛开的时候，花瓣片片红似火，灿若云霞；叶子长出来的时候，花儿就隐没了，绿叶片片满枝头，油亮如绸。北宋医药学家苏颂这般描绘她："叶如梧桐。其花附干而生，侧敷如掌，形若金凤，枝干有刺，花色深红。"

她的来历，也早贮存在我的记忆中。因为相貌似桐树，树干上长有刺，她叫了刺桐。又因为多生于南海、岭南，她还叫海桐。五代十国时期的医药学家、文学家李珣这样概括她："生南海山谷中，树似桐而皮黄白色，有刺，故以名之。"中国福建泉州也与刺桐有着无法割裂的渊源。相传，五代时的节度使留从效初建泉州城时，环城种植刺桐。久而久之，布叶繁密、赤色照映的刺桐，成为泉州一大特征，泉州也被称为刺桐城。1987年，泉州还将刺桐列为市花。

于是，哪怕她树干上长着圆锥形的尖锐的刺，如明代医药学家李时珍所说："海桐皮有巨刺，如鼋甲之刺……"会致使皮肤破损出血而难以接触；哪怕她是中国植物图谱数据库收录的有毒植物，那主要集中在树皮、茎皮和根皮上的毒会抑制心肌及心脏传导系统，导致人出现头昏、嗜睡、全身无力等中毒症状；都不能够阻挡我寻找她的脚步。

只是，我的足迹遍布关岳庙、文庙、开元寺、钟楼、中山路、刺桐路、洛阳桥、晋江五店市、崇武古城、清源山等地，却都没有见到她的身影。

她在哪儿呢？

而我，分明在很久以前，就看见过她，听说过她，我早就知道她的。

我看见她在唐代诗人陈陶的诗中展露笑颜，"猗猗小艳夹通衢，晴日熏风笑越姝。只是红芳移不得，刺桐屏障满中都。"那铺天盖地的艳丽，早就把人们的心照亮了。我还看见她在《马可·波罗游记》里展露繁华，那蓬勃生发的红火，早已令人耳目一新。更让我瞩目的，是她把自己的药效，恩惠到百姓身上。那赶海的渔民，免不了会有一些风湿疼痛之类的疾病。刺桐，便是治疗的良方。性味苦、平的她，有着舒筋通络、祛风杀虫等功能。把刺桐用浸酒等炮制方法严格处理之后，可以用来治疗风湿麻木、腰腿筋骨疼痛、跌打损伤等方面的疾病。单用她的花，能"止金疮血，殊效"。单用她的树皮、茎皮，煎水、漱口，治疗风虫牙痛的效果好。但要注意，血虚火炽体质的人是禁用她的。她的树皮还是渔民制作纤绳缆绳、修补渔网的上等材料。苏颂也早说过，刺桐树皮"坚韧可作绳，入水不烂"。

传说中，她是天庭的一位飞仙变的。那时，海中海怪兴风作浪，常有渔民遇难，家属常在海边悲痛哭泣。飞仙巡视人间时看到这样的场景，心中不忍，便在海怪出没时，下凡保护渔民，镇守海面。渔民安全了，飞仙却回天乏力，化作一棵树，留在了海边。她让树变成有毒品种，让树干上布满尖刺，让枝丫间开出红花。毒性、锐利的刺与火红的花，都是震慑和抵挡海怪的有力武器。这树，就是刺桐。

刺桐代表的，就是慈悲、光明和坚定啊。她的毒性、实用和美丽，全是不可或缺的存在。难怪，她喜欢生长在光照充足、温暖湿润、通风肥沃的地方。心性和环境合一，才会和谐而旺达。

然而，我就是没有在泉州城里找到她。我不停地向当地人询问，很多人都摇头不知。持之以恒的追寻，终于让我在返程的那一天，从一位从事园艺管理的工作人员那儿知道了泉州刺桐的情况。他说，因为刺桐容易招致虫害，现在路旁已经很少见了，只有为数不多的办公场所和乡村因为早年种植的刺桐没有被砍伐，还有一点保留。

看来，泉州城的刺桐终是难以寻觅了。而那一刻，我的心反而安定下来。其实，千山万水的找寻，只要知道，她还在，她还好，就行了。

坐上返程的车，透过玻璃车窗，我看见街边的一棵棵树、一朵朵花迎面扑来，又飘然远去，宛若一份光阴的流转。我突然想起，刺桐是作过计时器的，她曾经被一些地方的人看作时间的标志。例如，很多年以前，她就是台湾同胞的时光机。当时，台湾同胞没有日历、年岁，难以分辨四时，就以刺桐的花开花谢为一年，以日出日落为一天。刺桐，便是自然而大气的时钟，于活泼轻灵间，传递着光与影的新鲜与祥和。

那才是令人深爱的时光啊。在清亮的光辉中，在静谧的温柔里，醒来，睡去。看雾霭升腾，观露珠滑落。听山林呓语，闻流水轻鸣。款款的相视一笑，都满含着日子的宠爱。柔柔的凝眸一望，都飞扬着岁月的香甜。

这样想着，我终于发现，刺桐最吸引我的，竟是她如沙漏一般的计时妙法。那一点一滴从容流泻的光阴，融在红花绿叶的变幻里，漾进我们的手心，携着脉脉深情，缓缓向前。

雨树

Samanea saman (Jacq.) Merr.

雨树，含羞草科雨树属无刺大乔木，有小毒，不可随意接近和使用。

一棵树，若是会下雨，那是多么有趣的事儿。

雨树，就能够下雨。

那天早晨，我在新加坡见到她时，正好是一场新雨过后，我赶紧站在树下，希望树上叶间的雨水落下来。我仿佛看见，那雨点儿似叮咚玲珑的钢琴曲一般，从四面八方纷至沓来，又如"大珠小珠落玉盘"。那样的湿意中，一定富有诗意。

天空中横过一道缤纷斑斓的彩虹，从我眼中慢慢飘过，绵长，清晰，饱满。不知她从哪里来，要到哪里去。我紧紧地注视着彩虹，牢牢地立在雨树下，唯恐彩虹消失得太快，唯愿雨树落下雨来。

雨树这高25米以上的乔木，实在是明朗而独特的。她枝叶繁茂，树冠巨大圆满，如罩着的大钟，又如平顶状的大伞，扩张面积最大可达30平方米。长到一定高度之后，雨树便不再向上生长，而是横向发杈、增加枝干。于是，她的顶部枝叶越来越多，形状越来越像张开的伞，晴天遮阳，雨天挡雨，变得越来越苍劲有力。她的美妙在于她有一个奇特的习惯：每逢阴天下雨或夜幕降临之时，她那长约40厘米呈碗状的树叶便自动卷合在一起形成筒状，将落到叶面上的液体聚拢收集起来，每片叶子大约能吸住一斤多水，到第二天清晨、气温增高、天气晴朗的时候，她的叶儿又慢慢自动舒展，包裹在叶中的液体会溢出、洒落，形成一种"下雨"现象。难怪，她被称为"雨树"啊，真有点儿明代文学家于慎行的"高树留新雨，平波澹夕阳"之意境。

我就是在等待着这样一场雨。那一刻，童年的光华迅速地照亮了我。想起小的时候，碰上连绵不断的雨期，觉得那雨太影响上学放学等日常生活了，我和小伙伴们便常常对着天空唱上一支歌谣："天老爷，莫下雨，包子馒头都给你。"这样的歌唱，是玩笑，也是游戏。大家都边唱边笑，稚嫩清脆的童声，宛若天籁之音，在雨中飘向远方。而此时，在盼望雨树下雨的过程中，我心里把歌谣改成了"大雨树，快下雨，包子馒头都给你"。微风过处，雨树粗大分枝上满满生长着的青苔和寄生的蕨类草类等各类小植物，纷纷抖擞了精神，越发青碧油滑。她们是听见了我的心声、在应和我么？

据说，雨树是由天庭中掌管雨水的一个雨神妙手点成的。这个童心未泯的雨神，常常游历于天上人间。在某一天的游玩中，他突发奇想，觉得雨水仅由天降还不够，还要有人间降雨，由人间把雨水贮存起来，再在适当的时候降下。让一棵树来呼风唤雨，就很有创意呀。而要承载雨水，这棵树还得繁茂、健壮、长久。于是，他手指轻轻一点，点中了一棵大树，这就是雨树。

这原产于南美洲的雨树，也确实健硕长久，据说她的平均寿命可达200年以上。迄今为止发现的最大雨树，有500年树龄，伞冠高度达180.8米，直径59.6米，躯干直径达2.8米，高19米。雨树的木材是世界公认的好木材，她的材质中心呈褐色，边材呈白色或黄色，径切面有深色条纹，生长轮明显，木材色泽柔和、纹路清晰、结构紧密、线型简练、不易变形、坚硬而富有弹性、没有不良气味。人们喜欢用雨树的木材做家具，雨树便在丰厚自然的质感中，流淌着低调的奢华，稳重而富有生气，宁静而不失遐想。

只是，优美而实用的物体，往往更加独立清醒，更愿意固守内心的骄傲与安宁，与外界保持一定的距离。雨树，即是如此。她的树叶、根皮及枝干上生长和寄生的各类植物等，都不愿意被人们以食用、抚摸等各种形式打扰。哪怕她有清除暑热等功用，她都只希望人们找相关的替代品来使用。人们要是食用她，就有可能中毒，出现呕吐、腹泻、乏力、呼吸困难、血压下降、心跳减弱等症状，严重时危及生命。作为含羞草科雨树属落叶乔木，雨树含有的含羞草碱等物质还可以使人头发和眉毛变得枯黄、干燥、稀疏，乃至脱落，过敏体质者和孩童尤甚。据报道，有人因为喜爱雨树，便反复抚摸拥抱雨树树干，拿出手机各种摆拍，还把雨树的叶儿摘下来做道具玩耍并放进嘴里品尝，结果很快出现嘴唇、咽喉等部位红肿、热痛、瘙痒以及心慌、胸闷、欲呕等过敏和中毒症状，接触了雨树叶儿的皮肤处也长出了风团，伴随着红肿痛痒。这都是不懂距离惹的祸啊。

我喜欢雨树这样的距离感。那个新加坡的早晨，我在雨树下等雨，树底下的小草儿，茵茵然葱绿，她们看到我和雨树之间，有着恰到好处的距离。我知道，等雨树下雨，是需要时间的。雨树的树叶一般从每天下午五点钟左右开始，像含羞草一样慢慢开始闭合，这一特点也让她在新加坡被叫做"五点钟树"。她对雨水的贮存和洒落，不是一下子可以完成的。雨儿的落下，如同一朵花的绽放，要历经风吹雨打的时光。

我喜欢这样的沉淀、积累、坚守和长久。彩虹消失的时候，雨树还没有落下雨来。因为要办其他的事情，我只能暂时同雨树道一声珍重、再见。那一场渴望的纷飞的雨，我终究没有等到。等待，总会有不同的结果。每一种结果，都有她的美。

我想，我那样热切地盼着彩虹长久、盼着雨树下雨，我一定是在期待天降神奇。天，其实是降下神奇了。那道跨越天际的彩虹，那份与雨树的邂逅，那源于内心的遐思，都是神奇的迸发。唯美，早已从天而降。

感谢上天厚爱我。

槐

Sophora japonica Linn.

槐,豆科槐属乔木,性味苦、寒,有小毒,经过严格而专业的炮制和加工,可以祛邪清热、益气除湿。

"蒙蒙碧烟叶，袅袅黄花枝。"当我在湖南株洲昭陵老码头见到那棵槐时，我的脑海里跳出了这句诗。

只是，我见到那棵槐时，还是初春。她还只能以深灰黯黑的高大树干携着漫散着伸向天空的枝丫，迎着云层里泻出的一缕霞光，伫立在江波烟影中，如同一位饱经风霜的长者，默然，静寂。

繁华满天的时候，还没有到来。

而繁华满天的时候，也是过去了么？那码头水上喧哗的迎来送往，那街上岸边熟络的吆喝叫卖，那么多可供交易的货品物资，那么多迎风而展的良田蔬草，分明都被槐凝在了眼中、藏进了心底。更不能相忘的，是懂得她的那些古人，譬如五代十国时期南楚开国君主马殷。

马殷应该被铭记，他统一了湖南全境，夺取了岭南数州，建立了历史上唯一一个以湖南为中心的政权，史称马楚，又称南楚、楚朝，以潭州（现为长沙）为首都。马殷利用湖南各种优势，大力发展商贸。昭陵，作为古镇、重镇、驿站，也在马殷的重视下，声名鼎沸，"若知昭陵城，胜似长沙郡，要知街多长，三千六百铺，还除熬糖、煮酒、打豆腐"。

那时候的槐，也如北宋医药学家苏颂所说一样，"处处有之"，常在"四月、五月开黄花，六月、七月结实"。她可食，可饮，可医，可药。"七月七日采嫩实，捣汁作煎。十月采老实入药。皮、根采无时。医家用之最多。"明代医药学家李时珍说她："初生嫩芽可煠熟，水淘而食，亦可作饮代茶。或采槐子种畦中，采苗食之亦良。其花未开时，状如米粒，炒过煎水染黄甚鲜。"

于是，饿了，用槐还未开全的花骨朵儿拌米汤或煎个饼吃吧；渴了，用槐刚刚发出的嫩芽儿煮杯茶或泡碗水喝吧；想令容颜美润一点，用槐酿的鲜蜜沾上碾得细碎的花瓣敷面或煎汤喝吧；碰上一些小毛病，槐的作用更是不少的：槐实可以祛邪清热、明目益气、杀虫止痒，槐花可以治失音及喉痹、疗吐血衄血，槐叶可以治惊痫、疥癣、丁肿，槐枝、槐木皮、根白皮可以洗疮、疗疮、祛湿痒、消痈肿，槐胶可以祛风热。作为中国现存最早的药物学专著《神农本草经》中的"上品"，槐，像一阵细雨散落在心底，那感觉如此神奇。

马殷也早就是槐的知己，早年贫困时品尝过的槐苗、槐芽、槐花、槐实的美味，早已深深地烙进了记忆。他鼓励老百姓自制槐花饼、槐苗菜、槐芽茶等自给自足和进行市场交易，特别是槐芽茶等类型的茶叶，更是得他青睐。他将制茶和贩茶业作为重点，以湖南产的茶叶换取中原及周边地区的战马和丝织品，"于中原卖茶之利，岁百万计"，开创了湖南"招商引资"的先河。做过木匠的马殷还注重发挥槐木富弹性、耐水湿的特点，用之建房、制造船舶，供居住、运输和战事。

那真是槐的鼎盛时期啊。花开叶落，轻舞飞飘，悠悠淌过的流金岁月里，蕴含着多少骄傲。槐又很争气，她总是长势喜人，李时珍说："槐之生也，季春五日而兔目，十日而鼠耳，更旬而始规，二旬而叶成。"一下子，就是绿荫遮天了。于是，那样的时候，聚在槐荫下，看一抹轻晖慢慢地铺上远方的山，看轻轻流动的江水缓缓地融进那片光辉里，看远方的乌篷船飘摇而来，稳稳地停在码头，妥妥地收好缆绳，呀，又是大包小包地上了岸到了街边了。挑着的，扛着的，背着的，提着的，脸颊上，飞扬着生动的光彩，身影间，漫溢出清灵的气息。几步绕过槐树，抬眼间露出欣喜，说，啊，槐，又长大长高了。

只是，在槐香中注视前方时，马殷不会想到，他揽于麾下的重要谋士高郁会在929年被他的儿子马希声矫令诬杀，而他也会因为悲愤等原因于 930 年病逝。他更不会想到，他的儿子们会在他逝后骨肉相残，导致他打拼和驰骋了大半生的王国在他逝后仅 21 年就灰飞烟灭了。最先继位的马希声死后，马希范出场，马希范死后，马希广、马希萼、马希崇等纷纷瞄上王位，自相残杀的悲剧一再上演，史称"五马争槽"。951 年，趁马楚内乱，南唐派大军攻下湖南，马楚从此不复存在。

江山易改，流水无情。而槐，依然挺立着，这世间所有的爱恨得失，仿佛都被她凝聚成一股神秘的力量。槐，还被认为是神异的。明代博物学家谢肇淛在《五杂俎》中称："槐者，虚星之精，昼合夜开，故其字从鬼。"据史料记载，明代崇祯皇帝在农民起义首领李自成率兵攻下都城后，选择在槐树上自缢，这是不是也有某种暗合呢？

而槐的本质，却真是阴柔的。尤其是她在植物学和医药学上的属性，为纯阴，性味苦、寒。因此，食用槐时要适量，不可空腹或过量，否则会产生恶心乏力、腹痛腹泻等不良反应，严重时会虚脱惊厥、意识丧失，因呼吸衰竭而亡，特别是身体虚弱之人，最好禁用。把槐作茶饮时，要搭配一些诸如糯米饼、核桃仁之类的小点心，以防其寒凉。把槐药用时，要经过严格而专业的炮制，并讲究使用方法，例如，对于槐实，南北朝刘宋时期医药学家雷敩说："凡采得，去单子并五子者，只取两子、三子者，以铜锤锤破，用乌牛乳浸一宿，蒸过用。"对于槐花，宋代医药学家寇宗奭说："未开时采收，陈久者良，入药炒用。"

当年，马殷成为君主后，捧着槐芽茶轻饮慢啜时，也喜欢配食点心了。从饥不择食到各种讲究，槐，亲历其间，深解其中味。那么，现在的槐，陪着昭陵老码头时，心中，会浮上怎样一番滋味呢？

微风吹过，我轻轻地转过头，我看见，槐的枝丫仿佛枝枝饱绽。春天，已经插上翅膀。槐，又要发出新芽了。

皂荚

Gleditsia sinensis Lam.

皂荚,豆科皂荚属落叶乔木,性味辛、咸、温,有毒,经过严格而专业的炮制和加工,可以通窍祛痰、镇咳消肿、杀虫治疮。

"不必说碧绿的菜畦，光滑的石井栏，高大的皂荚树，紫红的桑椹；也不必说鸣蝉在树叶里长吟，肥胖的黄蜂伏在菜花上，轻捷的叫天子（云雀）忽然从草间直窜向云霄里去了。单是周围的短短的泥墙根一带，就有无限趣味。"

真是喜欢鲁迅先生《从百草园到三味书屋》里沉稳、生动、率真的描述。在这样的趣味里，皂荚树伴着菜畦、桑椹、石井栏，随着鸣蝉、黄蜂、云雀，跳跃出来，高高大大地，立在斑斓的色彩中。多么蓬勃多么美。

皂荚树也的确是这样生机盎然的。春天，她会吐出嫩绿的小叶芽儿，绿得透亮，嫩得欲滴。夏天，她细小的黄花刚刚开过，一串串翠绿的小皂荚就挂上枝头，繁茂得如同一把遮天蔽日的大伞。秋天，她会暂时隐去绿意，枝间的刺更加棱角分明，紫黑油亮的皂荚也形如刀鞘，陪伴着里面随风哗哗作响的皂核，难怪她又名皂角、乌犀、悬刀，确实形象生动。冬天，她叶片飘零，而躯干依旧挺立，似剑出鞘，直冲九霄。只要不出意外，耐干旱、盐碱又抗污染的皂荚树活个六七百年是不成问题的。

也许正是活泼顽强、抵御邪毒的能力也强、自己也变得不可侵犯的缘故罢，作为豆科皂荚属落叶乔木，皂荚树的树皮、树叶和成熟果实皂荚及其豆荚、种子都是有毒的。她所含的有毒成分皂甙不易被胃肠吸收，一般不易发生吸收中毒，但对胃肠道有刺激作用，大剂量内服时能腐蚀消化道黏膜并被吸收，引起急性溶血性贫血。中毒时，初感咽干热痛、上腹饱胀及灼热感等，继而恶心呕吐、烦躁不安、面色苍白、头晕无力、四肢酸麻、腹痛腹泻、大便呈水样、黄疸等，严重者可发生脱水、休克、痉挛、谵妄、呼吸麻痹等，最后死亡。

只是，人们仿佛并不惧怕皂荚的毒性，山坡、林中、谷地、路边、庭院、宅旁，到处都有她陪伴人们的身影。在与皂荚朝夕相处之时，人们早已学会正确对待她，例如，知道她有别具一格的祛污功能，就常常把成熟饱满的她，捣碎取汁，变成天然环保的洗护用品：洗头，头发会油滑黑亮；洗澡，皮肤会清爽光滑；洗衣，衣服会洁净如初。有些乡村，还把皂荚作为男婚女嫁的吉祥物，放在新婚用的箱子里、被絮中，作为多子多孙的祝福。男女结婚典礼前焚香沐浴时，澡盆里也常常放上皂荚。

医药学家们更是学会了小心而用心地对待她。

首先是选材，要选肥厚而没有被虫蛀过的。明代医药学家李时珍说她"结实有三种：一种小如猪牙；一种长而肥厚，多脂而粘；一种长而瘦薄，枯燥不粘。以多脂者为佳"。南北朝刘宋时期医药学家雷斅也说："凡使，要赤肥并不蛀者。"然后就是要好好炮制了，雷斅说："以新汲水浸一宿，用铜刀削去粗皮，以酥反复炙透，捶去子、弦用。每荚一两，用酥五钱。"元代医药学家王好古也说："凡用有蜜炙、酥炙、绞汁、烧灰之异，各依方法。"

经过精心加工的皂荚，更是有了超级神功。中国现存最早的药物学专著《神农本草经》说她可治"风痹死肌邪气，风头泪出，利九窍，杀精物"。李时珍在《本草纲目》中也说她"通肺及大肠气，治咽喉痹塞，痰气喘咳，风疠疥癣"。"其味辛而性燥，气浮而散。吹之导之，则通上下诸窍；服之，则治风湿痰喘肿满，杀虫；涂之，则散肿消毒，搜风治疮。"宋代医药学家庞安时的《伤寒总病论》还记载过实例："元祐五年（公元1090年），自春至秋，蕲、黄二郡人患急喉痹，十死八九，速者半日、一日而死。黄州推官潘昌言得黑龙膏方，救活数十人也。"黑龙膏就是用皂荚为主药熬成的膏。

甚至，那些悬梁自缢又还一息尚存的轻生者，也能得到皂荚强大而迅速的眷顾。把皂荚和细辛研成粉末吹入轻生者鼻内，轻生者便会打个喷嚏，苏醒过来。宋代学者钱竽在《海上方》中作诗写到这些时，竟是直白有趣的："悬梁自缢听根源，急急扶来地上眠。皂角细辛吹鼻内，须臾魂魄自还原。"

起死回生，在性味辛、咸、温的皂荚这儿，真不是童话。

有时，站在皂荚树下，一阵风吹来，皂荚的细茸会钻进鼻孔，令人瞬间喷嚏连天。而体内气机，也在这不由自主的气息交换中，愈发通畅顺达了。情不自禁的笑容，让嘴角像月牙一般，上扬起来。

乌桕

Sapium sebiferum (L.) Roxb.

乌桕,大戟科乌桕属落叶乔木,性味苦、辛、微温,有毒,经过严格而专业的加工和炮制,可以祛毒、利水、消积、消炎。

乌桕有毒，她的毒，和我们的日常生活密切相关。

性味苦、辛、微温的她，根、皮、叶、子都有毒，大剂量内服或以乌桕木作切菜砧板，均可中毒。特别是在乌桕木做成的切菜砧板上剁肉糜，吃后引起的中毒轻重，与肉糜的剁细程度、肉在砧板上停留时间及进食时间成正比。

看到这儿，大家会不会马上奔向自家厨房，看看切菜砧板是什么木做的呀？还会不会反省，自己是否有过和乌桕亲密接触的经历呢？紧张的空气，瞬时从周围升起。毕竟乌桕中毒，也确实是难受的：潜伏期短，发病急，具有明显的胃肠道症状，如恶心、呕吐、腹痛、腹泻、口干等，少数有四肢和口唇发麻、面色苍白、心慌耳鸣、剧烈咳嗽等，严重时会昏迷、危及生命。

因此，和乌桕交往，要讲究距离。但是，乌桕太美，想要人不去看她想她念她抚摸她，都比较难。她成名很早，在南北朝北魏时期，农学家贾思勰就把她写进了中国现存最早的一部完整的农书《齐民要术》。她的名字来得响亮。明代医药学家李时珍说："乌喜食其子，因以名之。"乌与乌鸦关联，桕是"其木老则根下黑烂成臼，故得此名。"乌桕，因为引得乌鸦这样的文采之鸟频频驻足而得名。早在商朝，就有"乌鸦报喜，始有周兴"的历史传说，乌鸦被奉为神灵鸟、报喜鸟，而非不祥之物，民间对乌鸦的偏见是后来形成的。乌鸦又兼具"忠孝"之品德，很多儒家著作都有乌鸦"反哺慈亲"的内容。唐代农学家、文学家陆龟蒙说："行歇每依鸦臼影，挑频时见鼠姑心。"鸦臼即乌桕，鼠姑即牡丹，乌桕、牡丹都是美丽的东西，乌鸦喜欢栖于乌桕树上，也是物以类聚。

于是，乌桕常常被热情讴歌。她跳跃在诗词间，南宋文学家陆游看见了她,"乌桕赤于枫,园林二月中";她在北宋诗人林逋眼中灵动,"巾子峰头乌臼树,微霜未落已先红";她由南宋词人辛弃疾亲手种植,"手种门前乌桕树,而今千尺苍苍"。她还是画家笔下之风物,有故宫博物院收藏的宋人佚名的《乌桕文禽图》和《霜柏山鸟图》为例。由此,我们可以发现乌桕这高达 15 米的落叶乔木之最美时节和最靓部分:深秋经霜后,她披着一身婆娑红叶,远望如早梅挂缀。

是啊,来看看乌桕那状如心形、叶缘圆润、肥而不腻的叶儿吧。春天里,叶子由最初的点点鹅黄到片片青绿,涌出的那一抹嫩瘦,仿佛用一滴雨水就可以击破。春末夏初,黄白色的细花开出,犹如金色的帽缨,不特别香艳,却庄重大方。盛夏时节,乌桕的叶子慢慢变得青翠,以清凉沉稳抚慰人们的眼。待秋风将乌桕子黑色的外衣脱去,雪白得如同一串串珍珠似的果实露出来后,乌桕的闪亮容颜便露了出来,叶子和叶面上的脉络都变成红色,像一个个昂首挂上枝头的红心,又像一把把热烈燃烧的火焰,还像一笔笔蓬勃浓重的油画油彩。这份红,红得有质感、有层次,淡红、胭脂红、暗红、紫红、酱红,一路洋洋洒洒、稳稳沉沉地铺陈而去,不显山不露水地转换着。清风徐来,红叶儿会如天仙般从云层中款款滑出,尽染于屋顶、地上、水面、池中,天地间便滋生出张弛有度的节律和强大隐忍的气场。

赤红,是乌桕生命的颜色。万千树木中,乌桕应该是与中华五千年文明史最早结缘的树木。传说中,乌桕与中国上古时期九黎氏族部落首领蚩尤有关。当初,蚩尤被华夏部落联盟首领黄帝擒杀后,行刑者取下蚩尤身上的桎梏,弃置山野。弃下的那一瞬,沾满了蚩尤鲜血的桎梏,竟在山野中迅速生根,茂然成长,长成一片乌桕林。似火的乌桕,令人震撼。

所以，人们没办法减少对乌桕的喜爱，哪怕她有毒，那毒性还在岁月的蒸腾中日益强大，人们都不害怕，都会巧妙地使用她，达到以毒解毒之效。人们用她治疗疔毒、蛇毒、乳痈、湿疮、疥癣、肝炎、阑尾炎等，内服或外用，疗效不错，李时珍说到过相关内容："食牛马六畜肉，生疔肿欲死者。捣自然汁一二碗，顿服得大利，去毒即愈。"人们还把她那有较强利水、消积作用的根皮和树叶，用于水肿、膨胀、癥积、便秘等证的治疗。医药学家们对此也有记载，李时珍说："乌桕根性沉而降，阴中之阴，利水通肠，功胜大戟。"东晋道教学者、炼丹家、医药学家葛洪的《肘后备急方》说："小便不通，乌桕根皮煎汤，饮之。"《斗门方》说："大便不通，乌桕木根方长一寸，劈破，水煎半盏，服之立通。不用多吃，其功神圣，兼能取水。"

乌桕也始终不渝地陪伴着人们，带着些许烟火味道。唐代医药学家陈藏器说她："叶可染皂。子可压油，然（燃）灯极明。"她的果实是制造高级香皂、雪花膏、蜡纸、蜡烛、润滑油等的材料。据说，现代诗人戴望舒《雨巷》中那个像丁香一样的姑娘撑着的油纸伞，也是经过乌桕的果实浸泡后制成的。她的子榨出来的油格外清亮，可以点灯，燃在灶台、炕桌、堂屋、乡场，照亮漫漫黑夜。明末清初科学家宋应星在他的《天工开物》这世界上第一部关于农业和手工业生产的综合性著作中，将乌桕油推为诸油品第一。

乌桕，便成了黑夜里的光。这光，于赤红中，饱含着温暖。乌桕将浓浓暖意，化成赤子之心，洒向人世间。

有毒的乌桕，依然令人深怀敬意。

苦楝

Melia azedarach L.

苦楝，楝科楝属落叶乔木，性味寒、苦，有毒，经过严格而专业的炮制和加工，可以清热燥湿、杀虫疗癣。

苦楝给人的初始感觉，常常是一个字，苦。

瞧吧，那名字里，有个苦字；那味道，也是苦的。要是无意中把苦楝那干燥成熟的果实苦楝子放进嘴里嚼一下，会苦得你瞬间嘴眼歪斜，马上将她吐出来。

宋代学者罗愿撰写的训诂书《尔雅翼》说，"楝叶可以练物，故谓之楝"。说明了苦楝的作用和名字来历，苦楝也因此谐音了"苦恋"，那苦苦的爱恋啊。苦恋终可得，倒还好，没白吃那段苦。而苦恋常常是不可得的。所以，苦楝子还常常被苦楝花对照着，成为悲歌的咏叹。想起五月的苦楝花，花开时是如痴如醉的甜蜜，就连飘过的云、吹过的风，也沾染了快乐的香溢；而到收获的时候，所有的青果都变得苦涩，苦得让痛透彻心扉，苦得让快乐全部淹没。

据说连那深水中的蛟龙都惧怕苦楝的苦。所以，当战国时期楚国诗人、政治家屈原投汨罗江自尽后，楚人在端午节那天往江河中投粽子祭他时，除了有用粽叶包好的，还有用苦楝叶包好并拴上苦楝子的，以此来防止蛟龙带着虾兵蟹将吃掉所有食物。蛟龙不敢靠近有苦楝的食物，屈原就可以食用了，这也符合人们悼念他的心意。当然，也有人担心会因此触怒龙颜，故常在端午节的时候，佩插苦楝叶，用以辟邪。

更让苦楝苦意浓厚的是，她有毒。哪怕只食入少量苦楝子都可引起苦楝中毒。最初表现为恶心呕吐、剧烈腹痛腹泻，继而发生黄疸、心悸、冷汗、便血、少尿、无尿，可伴头晕、水肿、口唇麻木、皮肤疼痛、视力障碍、四肢无力、动作不灵而震颤，严重时身体麻痹、呼吸困难、血压下降、惊厥抽搐、心力衰竭、急性肾衰竭等，最后昏迷、死亡。苦楝全株都有毒，苦楝子毒性最强，根皮次之，叶最弱，有毒成分主要为苦楝素。

因此，中国现存最早的药物学专著《神农本草经》将性味寒、苦的苦楝列为"下品"，下品为佐、使，主治病以应地，多毒，不可久服，可除寒热邪气，破积聚，愈疾。而成为下品，苦楝的苦也滋生了崭新的强大的力量，在春末、秋冬时节采摘她，用正确的方法，适量使用她的根、皮、花、子，有治疗温疾伤寒、大热烦狂和杀三虫、疥疡以及利小便水道的作用。把她的根、皮、花、子洗净后加入适量清水煎煮、研成粉末，内服可以治疗蛔虫和蛲虫病以及虫积腹痛，外用清洗或调敷患处，可以治疗疥癣瘙痒。当然，服用苦楝有禁忌，体弱及脾胃虚寒的人就不要服用了。

可见，并不是所有的苦，都让人如履薄冰，正如，也不是所有的甜，都令人心旷神怡。夏天的时候，树形优美、枝繁叶茂的苦楝会带来成片树荫，营造出凉爽和舒适的氛围，引来很多人在树底下小憩。调皮而勇敢的孩童还会攀上那高达10至20米的树，摘下大把苦楝子，再拿彼此当目标，互相追打，让苦楝子在快乐的丢撒中走遍天涯。因为"其子如小铃，熟则黄色。名金铃，象形也"，那一般为椭圆形、似小圆枣大小的苦楝子，还被打磨加工成手链、串珠之类的装饰品，以成熟后呈黄色或黄棕色的大气姿态，陪伴在人们左右。

"小雨轻风落楝花，细红如雪点平沙"，北宋政治家、文学家王安石在《钟山晚步》中的诗句，让作为楝科楝属落叶乔木的苦楝更显闲澹、清婉、雅丽。苦楝花开放的时候，花瓣犹如一片片紫云飘浮在树杈间，淡淡的紫色蔓延了整棵树，繁花簇拥着，犹如满天繁星，点缀着乡野。清代学者陈淏子在园艺学专著《花镜》中说："江南有二十四番花信风，梅花为首，楝花为终。"人们把花开时吹过的风叫做"花信风"，意思是带有开花音讯的风候。中国古代以五日为一候，三候为一个节气。每年，从小寒到谷雨这八个节气里共有二十四候，每候都有某种花卉绽蕾开放，于是有了"二十四番花信风"之说。人们在二十四候每一候内开花的植物中，挑选一种花期最准确的植物为代表，叫做这一候中的花信风。经过二十四番花信风之后，以立夏为起点的夏季便降临了。

　　由此可以看出，苦楝花，也算中国名花的代表之一。

　　只是，苦楝仍然很少被人提及。但，不为人道，却从来不影响她的强大。苦楝就立在那里，在旷野，在路旁，平心静气地生长着，长成了令人仰视的模样。

楠木

Phoebe zhennan S. Lee et F. N. Wei

楠木,樟科楠属常绿大乔木,性味辛、微温,有小毒,经过严格而专业的炮制和加工,可以暖胃顺气、醒脾祛湿。

楠木，在万佛山上也有，是我没有想到的。

万佛山是传说中修身养性的风水宝地，每年观音菩萨生日时，法祖吹动螺号，各洞法师便赶来此地聚会，为观音祝寿，听法祖讲经，来的人有9999位，称为万佛会，这一地域便顺理成章地叫了"万佛山"。

这样的山名，真是大气而有度。那天，念着山名，我穿过山前那高大的门坊，慢慢地往山上走。山路不算陡峭，也不算险峻。山中草木茂盛，清新如画。间或，也有小鸟的鸣声传入耳中，清脆，娇柔，犹如一幅广阔画卷的点睛之笔。

一阵轻风吹来，我转过脸，楠木，竟在回眸的那一刹那，映入我的眼帘，惊艳了碧蓝的天。她树型高大，树干笔直，绿色的椭圆形的叶儿泛着润泽油滑的光，向着天空伸展飘摇着。我不禁缓下脚步，慢慢靠近她，她的清香向我袭来，仿佛一阵清风吻过颈脖，感觉到的时候，竟回不到最初。我看到她坚硬的泛着微微紫光的木质上，流淌着精美的树纹，好似高山流水，隽永，深长。

我知道，我遇见的是香楠。明代学者谷泰撰写的论列古器物、字画、织绣、印宝等艺术品的《博物要览》中记载："楠木有三种，一曰香楠，又名紫楠；二曰金丝楠；三曰水楠。南方者多香楠，木微紫而清香，纹美。金丝者出川涧中，木纹有金丝。楠木之至美者，向阳处或结成人物山水之纹。水楠色清而木质甚松，如水杨之类，唯可做桌凳之类。"金丝楠是楠木中最好的一种，光照下可以看到树上有金丝闪烁，在古代是皇家专用木材和装饰品，数量极为稀少，价格堪比黄金。香楠的纹理美观，材质没有金丝楠细腻，但也是很不错的材料。水楠，相比较而言是楠木中木质最差的一种，质地较为松软。

轻轻抚着楠木的树干，我不由觉得，楠木生长在这特大型丹霞地貌群、被地理学家誉为"绿色万里长城"的万佛山，真是恰到好处，好像一颗恒久绚美的珍珠，正好嵌在一个精致俊雅的盒子里。楠木是国家二级保护植物。因为材质优良、硬度适中、弹性好易于加工、不易变形和开裂，她是建筑、家具制造等方面使用的材料；因为外形俊逸，她是庭园观赏和城市绿化树种；因为木材和枝叶含有芳香油，她是提取高级香料楠木油的原料。楠木对生长环境要求高，喜湿耐阴，一般在肥润深厚的山坡、山谷冲积地才能生长得好，立地条件差则不易生长，更不易成林。只有博大精深而生动灵气的自然生态环境，才能培养出体健貌美的楠木，滋养出楠木的品质、气度和胸怀。

带着越来越深的喜爱，我继续慢慢往前走，我看到一棵又一棵的楠木对我扬着清润的笑脸。据说，楠木长得越久，就会越发神奇。很久以前，某村庄的几个村民想砍去一棵长了千年的楠木来用，当时，砍了一半后，天色已晚，就回家休息了，第二天又来砍时，发现楠木被砍的地方愈合了。连砍三天都遇如此情况。到了第四天，他们又在砍楠木时，楠木旁突然出现了一位白胡子老人，老人说："你们别砍它了。它是你们的救命树。"村民不相信老人的话，抡着斧子继续砍。忽然间，他们都腹部剧痛起来，且狂呕不止。老人又说："这是神树显灵了，如果你们保护好它，那么遇到天灾人祸时，它会保佑你们平安。"村民终于接受老人的劝告，停止了砍伐，并按老人指点，将楠木叶煎水喝下，身体很快痊愈了。从那以后，村里人遇到困难，便去祭拜楠木，总能逢凶化吉。

这个传说，展示了楠木的强大，也道出了楠木的医疗功效。作为樟科楠属常绿大乔木，楠木性味辛、微温，树皮和树叶可作药用，能够暖胃正气、醒脾祛湿，治疗霍乱吐泻、心胀腹痛、足部水肿、小儿吐乳等症。据传，道教宗师吕洞宾来万佛山小憩时，偶遇砍柴的路人腹痛呕吐，便用楠木的树皮枝叶煎汁给他们服用，很快治好了他们的病。人们奉吕洞宾为神，吕洞宾小憩过的地方也被称为"仙人居"。仙人居现在就位于万佛山南面的一个大洞穴里，整个洞穴由一块断层岩罩着，洞内壁上有许多纹路，犹如浮雕，洞的左边尽头有一间卧室，床前有一双石靴。民间传说中，吕洞宾于北宋时，应八仙之首铁拐李之邀，入八仙之列。

当然，强大而独特的个体，更需要被人敬畏。楠木就是这样，不可以被轻易食用。她在中国历代医家陆续汇集而成的医药学著作《名医别录》中，被列为"下品"，下品为佐、使，主治病以应地，多毒，不可久服，可除寒热邪气，破积聚，愈疾。想让楠木驱疾除病，要用专业方法炮制后再煎煮成汁才行。形体消瘦、咳嗽少痰、咽干口燥、头晕目涩、胁痛烦热、饥不欲食、神疲乏力等有阴虚症状的人，就不要食用楠木了，否则，各种阴虚症状会加重，严重时危及生命。

想来，吕洞宾是深谙楠木之性的。而有使用禁忌，其实是一件好事儿，可以让我们懂得分寸、懂得欣赏。懂得，才能看得更远、走得更久。

于是，当云海飘渺而来，我轻轻地对楠木说，你要好好的。而楠木，似乎早已幻化成仙灵，瞬间冲上云霄了。

炮弹树

Couroupita guianensis Aubl.

炮弹树，玉蕊科炮弹树属常绿乔木，有小毒，经过严格而专业的炮制和加工，可以抗菌、防腐、止痛。

夏天里，见到炮弹树时，我很惊奇。

那高大健硕的树干上，竟同时生长着花、果、叶、枝，越接近树的下端，长得越多。整棵树儿，透出深沉的立体感，宛若一幅浓墨重彩的油画。午后的阳光，轻轻地披在她的身上，她迎着那份光，在大地上投下了斑驳的绚烂的身影。

那树儿最夺目最精彩的部分，要数花儿和果儿了。夏天，是花儿盛放的季节，那花儿通常有 6 片花瓣，像浅浅的小圆碟儿，花瓣两面色彩不一样，内面偏深橘红色，外面偏明黄色。花儿中间聚生着的花蕊比较宽大，从圆形的基底部呈排状弯曲着伸出花瓣外，有时短如毛刷，有时长似海葵的触须。果儿直接从树干上长出来，呈茶褐色，有着木质外壳，像一只球，直径可达 25 厘米、浑圆、坚硬、厚重。较小的果儿可能含有约 65 粒种子，较大的果儿可以容纳的种子多达 550 粒。果儿挂在树上可以长达一年或一年半。一棵树大约可以容纳 1000 朵花儿和 150 个果儿。新奇有趣的花儿和经久不落的果儿让炮弹树成为热带地区的风景树、行道树，常常在公园、庭院等处繁茂盛开。

也是因为这样的花朵和果实，才让炮弹树有了这带着浓浓火药味和强烈个性的名字。她还叫炸弹树。看，那花瓣和花蕊的开放，好像炮弹发射一般，酷烈，狂野。果实的表里如一，又让炮弹树更加名符其实。果实犹如生锈的古代炮弹，种子和外壳同样坚硬，也真的会"爆炸"。用手、工具去敲击果实，或者果实成熟从树上掉落到地上时，会发出类似枪炮射击、爆破一般的巨大声响，种子和果肉会喷射而出，其威力非同凡响。被炮弹树果实击中，很容易造成致命伤害。有时，小鸟儿飞过天空，看到这般耀眼的炮弹树，也忍不住啄食一下，只是，它若是啄至炮弹树果实的外皮，就完全可能被突然迸裂出来的种子"弹片"击中，弄得头破血流。据说在越南战争中，越南丛林中的炮弹树，也曾经砰然爆响，炸伤过美国士兵，让他们觉得惊魂夺魄，以至于再穿梭于丛林之中时，都草木皆兵，风声鹤唳。

据传，炮弹树的来历与真正的炮弹有关。那时，有侵略者想占领某部落，部落里的人奋力抵抗。他们把用来打猎的自制土火药，制成一个个圆圆的小炸弹，埋在进入部落的必经之地。侵略者入侵时，踩着了炸弹，伤亡惨重。但侵略者没有善罢甘休，他们中的某些人，化装成村民，潜入村中，打探到了炸药之事，抓住了部分炸药制造者，绑在大树上，严刑拷打。在炸药制造者牺牲的那一刻，绑着他们的大树上突然长出了锈迹斑斑的圆形炮弹，并猛然爆炸，将杀伤力很强的"弹片"，射向侵略者。从那以后，侵略者不敢入侵这个部落了。圆形炮弹也以大树果实的姿态，和大树永远连在一起，树枝上还生出了成串下垂的艳美丰硕的花。这，就是炮弹树。

传说让这可以长到35米高的炮弹树更加奇异和伟岸了。她生存能力强，抵抗病虫灾害的能力也强，很少发生病虫害。她对土壤要求不高，虽然，她比较喜欢生长在温暖湿润、阳光明媚、排水情况良好的地方，但是，如果环境比她喜欢的稍微差一点儿，她也不会太介意。她是大气的，只是有着天生的距离感，如同一个王，天生威仪，不可随意触摸，否则有可能"中弹"。若侥幸逃过弹袭，又有可能皮肤过敏。接触炮弹树出现的皮肤过敏症状，比一般的接触性皮炎出现的过敏症状要难受一些。那样的红肿痒痛，仿佛钻心入肺。甚至不能抓挠，越抓挠越痒痛。抓挠后留下的一道道印记，也消散得比一般过敏时抓挠的印记要慢一些。如果抓挠破了皮，那愈合的时间还会更长一些。炮弹树的白色果肉，也不适合人类食用，因为奇臭无比，如果吃下，会产生反胃、呕吐、腹泻等不良症状，严重时会导致虚脱。不过，家禽家畜却一点儿都不怕那难闻的味道，它们敢吃能吃，食入后排下的粪便还可以成为传媒，种子随着粪便被带到各处，落地、生根、发芽、开花、结果，成为新生代。

世间万物，就是这样趣味无穷啊。相生、相属、相杀，欢喜、舒适、不和，都各有千秋。看着，听着，想着，会心的微笑，会从心底生出，缓缓的、柔柔的、静静的，洋溢在脸上。

人们便更多地使用炮弹树的果实壳、树皮、树叶、花朵了，当然，是在经过专业采摘、炮制、加工、防过敏、防"中弹"的基础之上，来小心翼翼地使用的。炮弹树果实外壳可以当作器皿，用来盛水盛物，还可以雕刻成工艺品，装饰、美化环境。炮弹树的树皮、叶子和花儿具有一定的抗菌活性，能够抗菌、防腐、止痛等，其提取物可以治疗感冒、胃痛、牙痛、高血压、疟疾、肿瘤和皮肤炎症等。在盛产炮弹树的热带地区，人们更是将炮弹树的花与叶的独特功效发挥得美美的。流连于新加坡和马来西亚的街头时，我就听到当地人谈到这些。他们从炮弹树的花儿和叶儿中提炼出原料，制成养发剂、护发剂、化妆品、香水等。他们说，那都是纯天然的绿色环保用品。

于是，有时迎面遇见头发茂密油黑、妆容精致闪亮、异香浓烈的女子，我就不由得猜想，这是不是也有炮弹树的功劳呢？这个想法飘过时，我情不自禁地将目光更深地拥抱了炮弹树，她的花儿和叶儿，都随着微风轻轻摆动，一点一点地，撼动着我的心。我一次又一次地，控制住了那双渴望抚摸她们的手。

我只有围绕着炮弹树，走了一圈又一圈，让她的模样儿，久久地映在我的脑海中。

Poisonous Flowers

PART 4

颠茄的光彩

明眸善睐，顾盼生辉，是多么迷人啊。完美的颠茄、有趣的夹竹桃，就这样被喜气的光芒，洋洋洒洒地莹绕。那一抹光辉，生动、纯朴、恒久，只须我们，静静地记在心间。

颠茄

Atropa belladonna L.

颠茄，茄科颠茄属多年生草本植物，性味苦、辛、温，有毒，实用，正确而适量地使用其所含主要成分阿托品，可以扩瞳美目、镇痉止痛、抑制分泌等。

颠茄，是一味充满魅力的毒药。

她的毒，可以用无瑕可击来形容。她最主要的毒性成分是被称为"阿托品"的化学物质，阿托品一旦被足量摄入体内，就会广泛地分布于身体各处，然后慢慢分解、消散，不会留下任何蛛丝马迹，哪怕在人体死亡后都会继续分解，在落葬后数周内也许就不复存在。

芳踪难觅，让阿托品成为神秘、奇特、伟岸的代名词。从某种角度来说，毒药的高明和刺激，不就在于隐秘、不露痕迹和不被发现么？

早在古罗马时期，颠茄就充当过杀人的武器，那些毒素常常神不知鬼不觉地麻痹和侵入肌肉里面的神经末梢，比如血管肌、心脏肌和胃肠道肌里面的神经末梢，严重影响中枢神经系统，出现对光敏感、视力模糊、皮肤潮红、口咽发干、心跳加速、头痛恶心、幻视幻听、不辨方向、抽搐、痉挛、昏迷等中毒症状。

然而，奇怪的是，人们从来没有害怕过颠茄之毒，反而自愿被她吸引。或者说，这最早生长在荒野里的茄科颠茄属草本植物，天生自带特殊光芒，令人无法舍弃。

她最具诱惑的部分，是她的果实，那初生时为浅淡绿色、成熟后变成紫黑色、直径1.5至2厘米的球形浆果，是颠茄中阿托品含量最多的。阿托品有一个重要作用，深得爱美之人的青睐，这个重要作用就是可以促使瞳孔扩张。要知道，瞳孔大一些，眼睛便会显得大而有神。明眸善睐，顾盼生辉，是多么迷人啊。

意大利文艺复兴时期，就有很多女性用颠茄的浆果来美瞳，她们挤出浆果的汁液，用羽毛蘸上汁液直接涂于眼睑内，或是直接把浆果的汁液滴入眼睛。颠茄，也被唤为"美女草"，还因为果实多汁好看，有点像另一个茄科植物番茄即西红柿的果实,又常常引得儿童垂涎而流连。

这就是爱美的心和爱吃的嘴啊,真是连毒都挡不住。颠茄,即 Atropa belladonna,这个名词,在意大利语中是美女的意思,在英语中则代表一种致命的毒药。两种语言早就同时反映了颠茄的本质,而能把"既美且毒还有用"都集于一身,颠茄的范儿也是够大的。

这样的大腕当然是不能随便用和吃的。性味苦、辛、温的颠茄全株都有毒,大约长到 0.6 至 1.2 米高的时候,毒性最强。她的果实、根部、茎叶里除了含有阿托品,还含有颠茄生物碱、莨菪碱等多种其他致命毒素,果实的毒性最大,其次是根、叶、花。即使接触、砍伐颠茄,都要小心翼翼,要穿戴好专业防护用品。用颠茄美瞳自然也是危险重重,颠茄提取液阿托品的扩瞳作用最长可持续三天,想要持续美瞳一般得每隔三天使用一次。每美一次,就离危险近一次。很多人因美瞳而出现不可逆转的视力损毁,甚至失明。

可见,做吃货,也有风险;爱美丽,亦有难度呀。

好在,阿托品中毒的症状比较容易识别,中毒后也比较容易治疗。而且,想要阿托品中毒致死,还有一个剂量问题,即必须一次性服用和吸收达到致死的剂量。瑞士医药学家、毒物学创始人帕拉切尔苏斯说:"毒物存在于所有的事物中,没有一样东西是无毒的,剂量决定了它是毒药还是治疗药。"而一次性大量使用阿托品一般难以做到,因为她有一种特殊的苦味,会引起警觉。也许,剂量和方法,决定了阿托品作为化妆品、药物、杀人的三种用途。而杀人,是不容易的。

这就是阿托品的可喜之处。她的一味解药毛果芸香碱,又为她的可爱加了分。作用温和、稳定、短暂的毛果芸香碱好像是为阿托品而生,她也有毒，可以缩小瞳孔，治疗唾液腺功能减退症等，与阿托品作用刚好相反。只要好搭档毛果芸香碱及时赶到，阿托品中毒后超过 24 小时依然存活的个体，都能得到康复，不会造成任何永久性的损伤。

喜气的光芒，就是这样洋洋洒洒地，一直围绕着阿托品。难怪这么多年来，人们都对她关爱有加、不离不弃。她既争气，又有趣。她可以把令人中毒的本领，变成诊断和治疗的本领。例如：扩瞳，让她在现代医学上有一个更有益处的用法——敷眼法或滴眼法，把她制成眼药水滴入眼内、扩大瞳孔，可以方便医生更好地检查眼底等。

我曾与阿托品有过亲密接触，那是一个明朗的午后，我的女儿要验光检查视力，须先用 0.1% 的硫酸阿托品扩大瞳孔。我知道正常人扩大瞳孔后是很难受的，便非常心疼女儿。而我的女儿却反过来安慰我，她以清嫩奶糯的嗓音，不停地说着"没事儿"。我更加心疼起来，便也往自己眼内滴入了同样的滴眼液，以此来感受女儿的感受。然后，我和女儿紧紧依偎，慢慢前行，撑着伞，遮着光，眯着眼，看着有些模糊的彼此，微笑。

那真是深浓得化不开的爱啊，阿托品也融于其中，清晰地映入了我的脑海，她强烈的副作用，真的和英国一些医药学书籍总结出的口诀一样："像野兔一样热、像蝙蝠一样瞎、像骨头一样干、像甜菜一样红、像帽匠一样疯。"

所以，我也是一个从来不畏惧阿托品之毒的人哪。看到她的本体颠茄，竟越发觉得温暖和亲切。粗壮的圆柱形根和显嫩的中空式茎，青绿的椭圆形叶和深紫的钟鼎形花，与果实交相辉映，不就是一幅光芒四射的图画么？那一抹光辉中，颠茄，早已把纯朴而生动的气息，恒久传扬。

这就是完美的毒药。

东莨菪

Scopolia japonica Maxim.

东莨菪,茄科东莨菪属草本植物,性味辛、温,有大毒,经过严格而专业的炮制和加工,能够解痉、镇痛、安神、敛汗、涩肠、杀毒。

有大毒的茄科东莨菪属草本植物东莨菪，有着大姐大的风范。

她各种高、大、上的派头和内涵，给予人们足够的安慰和体贴。只要她大驾光临，那些她不乐意看见的疾病就真的乖乖不见了。

她最不喜欢看见的，是疼痛和痉挛，那些诸如胃部痉挛、牙痛、神经痛、血管痉挛等各种痛症或痉挛症，常常被她打击或消除。作为一味祛痛解痉的药草儿，她在意身体的舒适与安平。

她还不能容忍精神上的虚弱或错乱，只要碰到诸类精神性疾病如癔病、癫狂、神志错乱、失眠等病症，她会给予平复和安定。思维清晰、意志坚定的她，镇静、安神的功夫，不容忽视。

她也不愿意让邪气毒气存在，对痢疾、腹泻、脱肛、酒毒震颤、痈疮肿毒、炭疽、外伤出血、癣毒等病症，她会把涩肠、敛汗、杀毒的能力巧妙发挥。她大手挥过之时，邪毒们也是畏惧的。

这般强健超然的气质，让性味辛、温的东莨菪像一位真正的学者，正派、公道、拥有真才实学。而想让她的各种才能得以充分发挥，也须得专业、严谨、精确，例如：内服她时，可研成粉末达 0.3 至 0.9 克的量，与酒同服，或根据病情配伍其他药草煎成汤水服用；外用她时，可以用清水煎煮后，再取水清洗，也可以研成粉末加清水调敷或涂擦。

携着学院派风格，东莨菪侠义行世。她还有另外两个常用的称呼，一个是藏名，叫唐充；另一个叫山大烟，全都透着茁壮而正统的味道。特别是山大烟，闻之想之，耳畔竟肃然响起了"大漠孤烟直，长河落日圆"的雄浑咏叹。传说中，山大烟最早是中华民族始祖炎帝在跋山涉水遍尝百草时发现的。

那是一个夏天的傍晚，炎帝到达一个山村，准备在村头小径中整理一下随身药囊、歇息一夜再前行。不经意间抬头，见一村民跛腿而行，右腿上长着的疮正溃烂流脓。炎帝不忍见百姓痛苦，便叫住村民，为他清洗伤口。洗净后，炎帝想找一样东西覆盖一下疮口，防止被再度污染或感染。一眼看见路旁生长着一大片不知名的茂盛花草儿，炎帝便把那绿叶摘下一把，到小河中洗净，覆在村民的伤口上，又撕开几根细枝条轻轻绑定，嘱咐村民回家好生歇息。第二天清晨，炎帝刚醒来，见昨日那村民正朝自己拜谢，说疮口不流脓了，溃烂面积也缩小了些。炎帝大喜，明白自己又发现了一味有用药草，马上将路边这花草儿采了个遍，收进自己的药囊，并喃喃自语道："真乃山间有大用的草啊。""山大用"就此定名传开，又因为村民之间乡音相传，传成了"山大烟"。

真是令人满意的山大烟。漫漫风沙里，款款烟云中，东莨菪早就不显山不露水地，在村庄旁、道路边、草原上、河岸沙地、圈舍周围等并不起眼的地方，平心静气、低调内敛地挺立了许多年。这茎高一般为30至60厘米的花草儿呀，模样儿也规正大方，碧绿的长椭圆形的边缘呈不规则锯齿状的叶儿、紫褐色阔钟形的花儿、球形的中部以上有环裂的果儿，会相继从那粗壮呈结节状的根茎上长出来。她迎来每一片阳光，接住每一滴雨露，碰见疾病，便出手消灭，从容不迫，干净利落；没有碰见疾病的时候，就沉静、修炼、强大。

东莨菪的毒，就一点也不可怕了，反而令人心生敬意。她和秀外慧中的有毒药物阿托品一样，性质相似，美相仿，东莨菪中毒时出现的症状呈阿托品毒样，例如面赤口干、昏昏如醉、心跳加快、瞳孔散大等，东莨菪中毒也多与使用剂量过大有关。她们俩仅在作用强度、所含毒性成分、抢救用药等方面有差异：东莨菪散瞳、麻痹眼调节、抑制腺体分泌、对呼吸中枢的兴奋作用、抗晕与治疗帕金森氏病的作用都比阿托品强；东莨菪之毒在于所含有效、有毒的化学成分为天仙子胺、东莨菪碱等；解东莨菪之毒，民间和现代医学上有不同用法，民间常用方法是取草木灰15克，冲水搅拌，澄清后，取最上层清液内服。现代医学多采用大量输液以维持水电解质平衡、给予强心利尿剂以利于体内毒素排泄、对出现高热的患者进行物理降温等措施。

无疑，东莨菪也是有毒药草中的高手，于澄澈、纯素之中，展放出格外的清醒。对于疾病，她有清醒的认知和诊疗，对于自身，她有清醒的方向和目标。清醒，应是世间万物都该具备的基本品质。唯有清醒，才能真正抵达祥和与高强。

我喜欢高手，从来不在乎她的毒。每次看见东莨菪，我都会细细地抚摸她的枝叶、花瓣、果实。在与她越来越多的两两相握里，我深深感觉到自己与她的心性相通。我看到东莨菪的心灵深处，绽放出酷烈与冷静，也蕴含着甜美与温柔。我知道，东莨菪常常把她那显著的镇静作用，缓缓倾注在无限深情里。她用她那特定的剂量，使人进入无梦睡眠、解除情绪激动或烦躁不安。可以安然入睡、忘记烦忧、睡醒之后美美的，不正是现代人最渴望的生活方式之一么？

内心清明，奋勇前行，不惧，不忧，这是生活赋予东莨菪的意味深长的状态。诗和远方，让东莨菪尽收眼底，大隐于怀。

鸢尾

Iris tectorum Maxim.

鸢尾，鸢尾科鸢尾属多年生草本植物，性味辛、苦、寒，有毒，经过严格而专业的炮制和加工，可以清利咽喉、消积通便、化瘀止痛，须严格控制使用剂量。

我对鸢尾的关注，源于清代诗人高鼎的《村居》："草长莺飞二月天，拂堤杨柳醉春烟。儿童散学归来早，忙趁东风放纸鸢。"

这样的诗儿，分明就是一幅明朗生动的画儿呀。沉浸在诗画中，我还特别喜欢听孩童朗诵这首诗，清嫩奶绵的声音里，透出无比的欢喜与纯洁。鸢，也早就跳进了我的脑海。

鸢即老鹰，纸鸢则泛指风筝，是一种纸做的形状像老鹰的风筝。鸢尾开出的花儿，就很像老鹰的尾儿，这也是她被称为鸢尾的原因。她一般有白、紫、蓝、黄等各色，花瓣常为六瓣，有三瓣花瓣上长有浅浅淡淡的与主色调不一样的花纹，与没有花纹的三瓣相间排列着，花儿由此呈现出别致的立体感和层次感。微风过处，花瓣儿也有一丝微微的颤动，真像了一只鹰，盈盈欲飞。

我常常在春天的草丛中，目不转睛地注视她，我看到的多是开着纯净白色或明亮紫色的花朵的她，花间的花纹或淡紫、明黄，或浅棕、粉白。有时，一滴清润的露珠儿寻上花瓣，抖一下，摇一下，又无声地滑入泥土；有时，一只小飞虫扑上茎叶，静一下，动一下，又张开小翅飞走了。我闭上眼睛，想象着它们与鸢尾亲吻相拥的感觉，是不是透着光与影缠绕和交织的欢愉呢？再睁开眼睛，鸢尾也静悄悄地看着我呢。我迎向她的目光，却不敢将她拥入怀中，因为我知道，她有毒。

性味辛、苦、寒的鸢尾，全株都有毒，毒性最大的部分是根茎和种子，尤其以新鲜的根茎更甚，根茎和花儿的汁液也都有毒。她对每一类生命都有影响。牛和猪误食了她，会出现泻下、呕吐、消化器官及肝脏有炎症等。人类服用鸢尾中毒的症状则是恶心、呕吐、腹泻等，孕妇可致流产，心、肺、肝、肾、脑功能不全者及妊娠期是必须禁用鸢尾的，否则，生命会很快走向终结。

  理所当然地,鸢尾成为了中国现存最早的药物学专著《神农本草经》中的"下品",下品为佐、使,主治病以应地,多毒,不可久服,可除寒热邪气,破积聚,愈疾。鸢尾也确实上能清利咽喉,下可消积通便,清解热毒之力颇胜,临床上多将她用于治疗咽喉肿痛、食积胀满、便秘等症,她还具化瘀止痛之功,可以治疗跌打损伤。当然,若是因病不得不服用她的话,须得严格掌握使用剂量。《贵州民间药草》把剂量控制得很精确:"成人不能超过一钱,小儿不超过三分。"若要采摘她,最好穿戴上专业防护用具。

  这么美,这么毒,却又这么有用,鸢尾的风格便有了孤寂冷峻的炫目,也让一些说不清道不明的邪毒惧怕。在古代,她还是驱鬼祛邪的法宝之一,《神农本草经》说她主治"蛊毒邪气,鬼疰诸毒,破积聚,去水,下三虫"。中国历代医家陆续汇集而成的医药学著作《名医别录》说她可以"杀鬼魅,疗头眩"。她的治疗形式,也比较奇特,唐代医药学家陈藏器的《本草拾遗》中有记载:"飞尸游蛊着喉中,气欲绝者。鸢尾根削去皮,纳喉中,摩病处,令血出为佳。"把削去皮的鸢尾根,放在喉中病处摩擦至出血,便可达到消除蛊毒邪气的效果,也确实是很神奇啊。不过,这种治疗方法也是让人感觉比较难受的,咽喉部本来娇嫩,要摩擦至出血,也是很疼痛的,出血后可能会带来黏膜溃烂等新的不适,都会增加患者的痛苦。据说,古人做这些疗法时,都小心翼翼地把持着。他们会选中一处好地方的鸢尾,穿上特殊的服装,戴上特殊的手套,轻摘轻放,精心制作,用心地把鸢尾使用到患者身上,唯恐有任何一丝闪失。这样谨慎周全的做派,除了防毒治毒的需要,也饱含着他们对人类和鸢尾之生命的敬畏。

而鸢尾，也没有辜负古人。在向阳生长的姣美柔弱中，在如同老鹰俯身啄食一般的尖锐生猛中，她慢慢衍生出独特的力量。鸢尾，仿佛是黑暗中的孤独舞者，展示出一种近乎挣扎的姿态，洋溢出新鲜的活力与动感，而内心，却充满了无语的倾诉。这样想着，我的眼前，似乎有一道金光闪过，荷兰画家文森特·梵高的《鸢尾花》和《插在瓶中的鸢尾花》赫然出现，那挣动的花朵、浓密的花叶、蓝紫色与亚白色的馥郁芬芳、在旷野或瓶中的傲然盛放，无一不以精彩的形象、鲜明的色彩、细致多变的线条，迸发出强烈而深厚的情感，融合在清新和谐与律动激昂的画面里，饱绽着永恒的生命力。

　　这都是大自然赐予我们的爱啊，这样的爱，已经足够我们保持对每一个日子的热烈而长久的渴望与向往。光明，已经从黑暗中闪射出来了，磅礴澄澈，深邃放达。

　　再一转头，我与《村居》里那散学归来的孩童遥遥相遇，他们小巧而灵动的身影儿，奔跑在春风里，手中牵着风筝的线，任风筝飘到最高最远。那么多的欢声笑语，随着美丽的鹰，都飞上了理想的蓝天。

　　看着，想着，我也渴望放风筝了。

夹竹桃

Nerium indicum Mill

夹竹桃,夹竹桃科夹竹桃属常绿灌木,性味苦、寒,有大毒,经过严格而专业的炮制和加工,有强心利尿、祛痰定喘、镇痛消瘀之用。

夹竹桃的品性，怎一个静字了得。

成长时，夹竹桃很平静。

她就在那里，从容地绽放着。一朵花枯了，又开出一朵。在阳春的和煦里，在盛夏的暴雨中，在深秋的清冷里，看不出她有什么特别繁盛的时候，也看不出她有什么特别颓败的时候。从春天到秋天，她一直迎风吐艳。从迎春花到菊花，她一直默默奉陪。哪怕在冬天，花儿暂时没有了，她都依然扬着绿色，傲骄，韧性，独立。

传说夹竹桃60年结一次果，60年为一个甲子，她曾被唤为"甲子桃"。因甲子桃的果实极为少见，人们就更喜欢照着她的模样儿来唤她，"夹竹桃"，假竹桃，其叶似竹，其花似桃，其实非竹非桃，"夹"为"假"谐音。

最令人喜爱的，是夹竹桃的花儿。那一抹艳色，常常成为古代女子的装饰品，她们喜欢佩戴她。有时，斜斜地插进发髻里，有时，散散地扣在胸襟边，有时，淡淡地挂于手腕上，眼波流转之际，举手投足之时，那花儿也跟着转动，于忽明忽暗之时，散发出缕缕暗香，撩人目光，袭人心怀。

我和小伙伴们也采摘过夹竹桃，在那年少的光华中。粉红、桃红、粉白的花儿，细长、精巧、挺括的叶儿，被我们携着满世界地跑。那时，厂矿、街道、公园，都栽种了夹竹桃。夹竹桃没有辜负大家对她的栽培，她很争气，对二氧化硫、氯气等有毒气体有较强的抵抗性，对粉尘烟尘有较强的吸附力，是"绿色吸尘器"，还把环境衬托得格外养眼。

不过，在鱼塘牧场边，却很少看见夹竹桃的身影。长大后，我们才知道，作为夹竹桃科夹竹桃属常绿灌木，夹竹桃的树皮、叶子、花儿、根儿、种子以及枝叶折断后流出的乳白色汁液都是有毒的,她新鲜树皮的毒性最强,叶子的毒性比树皮弱一点,花儿的毒性比叶子又弱一点。而且,夹竹桃的毒性在树皮、叶子、花儿、根儿等完全枯萎、干燥后都依然存在。焚烧夹竹桃时产生的烟雾也有非常强的毒性,人要是吸入过多,会出现胸闷、气短、头晕等中毒症状,若不及时远离烟雾之处或得到医护人员救助,便有可能陷入虚脱、昏迷,危及生命。

这样回想起来,年少懵懂的我们,携手夹竹桃的时候,实在是天真烂漫,而又纯实可爱。幸亏我们采摘的量很少,也从来没有食用过她,所以没有中过毒。不知那古代女子,有没有因为佩戴她而中毒的呢?据医药学书籍记载,古人也很早就知道夹竹桃是有毒的,但古代女子却因为爱着她的美,便毫无畏惧地佩戴她,真是"明知花有毒,偏向鬓边簪"啊。

而施毒时,夹竹桃很冷静。

当然,性味苦、寒且有大毒的她,是高冷有范的。多年的风吹雨打,早已让她练就了一颗坚若磐石的心。她像女神一样,拒人于千里之外。她不会诱惑谁,也不会招惹谁。甚至,她还早就用她的花语"注意危险"这一条,提醒人们,不要轻易触碰她,要和她保持适当距离。

因此,若是误食或过量使用她而中毒,基本上要接受"自作自受"的结果。她给予中毒者的症状也不是热烈而快速的,一如她的个性。中毒初期以胃肠道症状为主,会食欲不振、恶心呕吐、腹泻腹痛,进而出现心肌及神经系统受损症状,流涎、头痛、眩晕、嗜睡、少尿、心律失常、全身冷汗、四肢厥冷、血压下降、惊厥昏迷、四肢麻木等,严重时瞳孔散大、血便、昏睡、抽搐、死亡。

如果说和她亲密接触,还有不小心的成分,那么,说她能堕胎、能致精神病，还把她用于一些影视剧的情节设计中，就属于故意撩她了。现代的某些宫廷争斗剧常常利用她，把她作为宫廷嫔妃等人争权夺利、邀宠请幸的武器，有些剧情还让某嫔妃把她制成糕点汤茶，送给另外的可能孕有皇子的嫔妃食用，达到致其堕胎等陷害的目的，再让心怀叵测的皇宫中人推波助澜，上演一幕幕悲剧、闹剧、丑剧。

能堕胎、能致精神病，都是民间说法，是否真的有这样的效果，至今还存有争议，医学上也没有临床依据。以夹竹桃的个性，她也不会稀罕由这些说法而产生的各种噱头，这噱头的制造和设计也没有奇巧之处。

奇巧之处在于，夹竹桃可能是凡事并不过心的，却跟心脏关联很大，她致毒攻击的部分有心脏，治疗安抚的部分也有心脏。她归心经，经过严格而专业的炮制和加工，她的叶子、茎皮等部分能够提制强心剂，有强心、利尿、镇静等作用，适量使用，可以治疗心力衰竭、哮喘、癫痫、斑秃等疾病。

所以，当风吹过，当夹竹桃出现在我们眼里，我常常想，无爱无恨、不悲不喜的她，也有没有过遐思呢？古代女子佩戴她时的深情和无畏，以及年少的我们采摘她时的单纯和快乐，会不会让她的内心滑过一丝波澜？

我没有办法知道。我只知道，她不会在乎，这世间无故加给她的误解或打击。

懂得静的，都会是这样不在乎的吧。

那么，静一些，再静一些，任世态炎凉，看万象更新。

辣木树

Moringa oleifera Lamarck

辣木树，辣木科辣木属多年生落叶乔木，性味甘、平，有小毒，食用和药用均须控制剂量，可以解除饥饿、净化肌肤、排毒健体、延缓衰老、治疗口臭。

辣木子导致腹泻的作用那样强烈而快速，是我没有想到的。

那天，我大约吃了8颗辣木子，很快，就腹泻了两次。之前，我也知道，辣木子生物碱含量较高，生物碱对生物机体有毒性或强烈的生理作用。健康的人，一次吃辣木子不要超过8颗，否则，轻则肠胃不适，重则出现中毒症状。我当时有点饿了，便吃到了临界点。

好在，没再继续吃，腹泻便自然止住，身体灵动依然。而这因为根有辛辣味而被称为辣木树的辣木科辣木属多年生落叶乔木的种子，也深深进入我的脑海里。她口感不错。剥开那层深褐色带棱角的近球形外壳，露出的是滚圆饱满的白色果仁，大小和形状与花生仁相似。初次嚼下去，那木头般的味道里，飘然扬起的，也是花生仁般的清香。再细嚼慢咽，口中便泛起一股清腻醇久的甜。继续嚼，甜味越来越深，好似浓浓的蜜布满口腔。吞咽完毕，蜜甜依然持续回绕，这时，喝些无味无色无臭的白开水，水竟在顷刻之间变得蜜甜，人会迅速陶醉在一片蜜甜之中。蜜甜，不是人人都向往的滋味么？

可以使水变甜，让原产于印度、目前在非洲及热带、亚热带地区均有种植的辣木树，被称为"神木"。《圣经》中"出埃及记"第15章第22节说："摩西领以色列人从红海往前行，到了书珥的旷野，在旷野走了三天，找不着水。到了玛拉，不能喝那里的水，因为水苦，百姓就向摩西发怨言，说：'我们喝什么呢？'摩西呼求耶和华，耶和华指示他一棵树，他把树丢在水里，水就变甜了。"据考证，这使苦水变甜的树就是"神木"辣木树。

不过，也有把辣木子吃出香甜以外的味道的。民间医生告诉我们，吃下辣木子第一口时的口感，可以作为辨证论治的参考。健康的身体初次入口辣木子会感觉到木质的甜味。若初次入口感觉苦，可能肝功能劳损；感觉酸，可能心脏、小肠功能变弱；感觉涩，可能脾、胃、肠、肺失衡；感觉想作呕，可能脑神经功能及体质偏弱；感觉腥，可能肾脏、膀胱亏虚。知道这些信息，那天一起品尝辣木子的朋友，便互相告知第一口的感觉，没吃出甜味的，难免有一丝着急。其实，这也没关系，毕竟只是一种参考。况且，有的不适还可通过适量服用辣木子来调理，例如，想清除肺热、消除皮肤瘙痒，可空腹服用2至3颗；想养肝健脾胃、消除口臭，可饭后服用2至3颗；想调节内分泌，可空腹服用2颗后喝白开水，服用期间要少吃甜食；等等。

使苦水变甜，像探测仪，似诊疗器，辣木树又被称为"奇迹之树"，她犹如拯救众生的神，充满光辉。其实，神奇、神秘、神圣的光环，早已犹如天高之处徐徐降临的风，轻柔和缓地笼罩了她。相传，辣木树就是菩提树。公元前五百多年，印度植被大多是辣木树，人们把辣木树称为菩提树。佛教的创立者、古代中印度迦毗罗卫国的释迦族人释迦牟尼就是在辣木树下顿悟真理的。佛家经书曰："成佛得道者，身边必有宇宙。"要悟出道理，其身旁必须要有仙物。辣木树耐干旱、抵御严寒、适应能力极强，富含较为丰富的氨基酸、蛋白质和较为全面的维生素、矿物质等，深含宇宙之机，还包容万象，符合佛教"包宇宙之机"的说法，释迦牟尼也得以在辣木树下豁然开朗、达到超凡脱俗的境界。

"辣木花开雪簇团，果荚串串枝头悬"，遥想远古之时，辣木树以青绿的椭圆形或长圆形的叶儿，携着芳香的白色或奶黄色的花儿，以细长的呈束状垂下的果荚，裹着灵巧精致的辣木子，陪伴着释迦牟尼，那真是宛若甘泉流淌的时光啊。

空灵、静默、独特，辣木树随着岁月之河，绵延流转着。现在，辣木树和桑科榕属大乔木菩提树已经被区分得很清楚了，而释迦牟尼的顿悟到底是在辣木树下还是在菩提树下，虽然不得而知，却也并不重要。重要的是辣木树已越来越多地为人熟知。她的叶、花、果荚、子都可以直接食用，被食用得最多的是子。辣木子在解除饥饿、净化肌肤、排毒健体、改善睡眠、增强记忆力、延缓衰老、治疗口臭等方面卓有成效，对治疗肝、脾、经络等方面的疾病，以及高血压、高血脂、糖尿病、痛风等病症也有很好的效果。但是，一定要记住，药用也要控制剂量，一次服用辣木子不要超过 8 颗，更不能长期食用。

唯有智慧待之，才能得到辣木树的智慧。我又想起了那天与辣木子的邂逅，那一份身心的感应与相通。那时，也许是有一双高深睿智的大手在牵引吧。从那之后，我与辣木子彼此含情，永不相忘。

紫贝菜

Gynura bicolor DC.

紫贝菜,菊科菊三七属多年生草本植物,性味甘、辛、偏凉,有小毒,正确而适量地食用,可以补血益气、凉血止血、清热消肿。

在终南山楼观台流连的时候，我没有想到会遇见紫贝菜。

那是一个安静的日子。沿着千年古道，我来到这史称"道源仙都"之地。从那开阔的被称为"天下第一福地"中扑面而来的，是翁翁郁郁的绿和清清淡淡的风。伴着苍翠大气的竹林，我从仿佛向远方无限延伸的石阶，拾级而上。不多时，"说经台"三个金色大字映入眼帘。心，也愈发从容、纯粹、通透。

而这时，我在周边鲜嫩的草丛中，看到了紫贝菜。

那是怎样闪亮的小精灵啊。说她闪亮，还真不算夸张。她那正面是青色、背面是紫色的叶儿，加上青紫陈杂的茎儿，在阳光中显出一份独特的光，于不经意中吸人眼球。她的青色和紫色拥在一起，既相互交融，又各自独立，宛如最恰当的情谊，既能融合相知，又有各自独处的空间，恰到好处，细水长流。

这不是和"紫气东来"有关的么？那一瞬间，欣喜和感动涌上心头。我知道，楼观台得名于西周，善天文地理的大夫尹喜曾在此结草为楼，以其楼观星望气，故号为楼观。尹喜辞去大夫官职后，担任函谷关关令。某一天，他突然看到东方紫气氤氲，预感将有圣人过关，便守候在关口。不久，果然看见一位长须如雪、道骨仙风的老者，骑着青牛悠悠而来。这老者就是道家学派创始人老子。西汉学者刘向在中国第一部系统叙述神仙传记的《列仙传》中说到了这个典故："老子西游，关令尹喜望见有紫气浮关，而老子果乘青牛而过也。"尹喜迎接老子的那片土地上，就蓬勃生长着紫贝菜，她低调而昂首地，遥遥呼应着那天上飘来的祥瑞紫云，喻示着吉祥征兆的成语"紫气东来"由此而生。

盛放在这样的吉境中，紫贝菜是多么好啊。好运，会随着紫贝菜而来的。我俯身仔细抚摸着紫贝菜的叶和茎,这含有菊科类植物特殊清香的草儿,因为背面呈紫色,又名紫背菜。不过,我觉得用紫贝菜更有美感,贝是有介壳软体动物的总称,也引申为"一面"之意,紫贝菜即有紫色一面呢。她性味甘、辛、偏凉,可以炒食、开汤,保健作用比较好。据《全国中草药汇编》记载,紫贝菜能够凉血止血、清热消肿,洗净后内服,可以治疗咳血、血崩、痛经、支气管炎、盆腔炎、中暑、痢疾等症;捣碎后外用,可以治疗创伤出血、溃疡久不收口、疔疮痈肿、甲沟炎等症。紫色的食物,原本就有补血、理气、排毒的共性,例如紫苏、紫薯等。人邪毒不侵,气血充盈了,便宛若一棵健壮的大树,枝条向上伸展,拥抱更多的阳光雨露,根须向下蔓延,吸收更多的水分营养,从而具木气之性,有展放畅达之态。

只是,凡事不可过分,紫贝菜也不可以过量食用,她含有的一些生物碱有一定的毒性,多食可能导致腹痛、腹泻、冷汗、眩晕等,严重时可能引起虚脱、昏迷。尤其是脾胃虚寒之人,更不可多食,否则,虚寒之症会加重。食用紫贝菜时,最好不要凉拌生食,而是要经过炒、煎、煮、蒸等高温加工程序为佳。变成熟食后,紫贝菜中生物碱的毒性会被破坏,对人体的不良影响会降低。

当年,尹喜将老子迎入官舍,拜为老师,诚心侍奉。住了上百天后,尹喜又以生病为由辞去关令一职,复迎老子归至楼观本宅,斋戒问道,并请老子著书,以惠后世。仰观俯察、莫不洞彻、隐德行仁、不行俗礼的尹喜,还懂得紫贝菜的玄妙,他把紫贝菜也带至楼观台栽种。紫贝菜又极合人愿,她很好养活,不需要根种,随意摘下茎上的一枝嫩梢,插入泥土中就可以存活,生长速度也很快。紫贝菜长成后,尹喜也会采摘一些,洗净折断,和米煮成粥,请老子食用。

老子在楼观台写了一篇5000字左右的专门讲"道"和"德"的文章，还在楼观台南面高岗处筑台授经。后来，人们把老子写的这篇文章印成书，书名叫《老子》，又叫《道德经》，再把老子说经的高台称为"说经台"。著书授经后，老子便骑着青牛、沿着长有紫贝菜的道路，继续向西走，不知道到哪里去了。

海拔580米的说经台，便成了令人景仰的地方，北宋文学家苏轼的《授经台》中有这样的描绘："此台一览秦川小，不待传经意已空。"立在说经台上，放眼望去，那一个幽深的旷谷林海里，夹杂着清冽的山野气息。紫贝菜深藏其中，和所有的花草树木一起，静静地绽放。一轮又一轮的春夏秋冬，一日复一日的明月清风，让这一片亘古的宁静，成为永恒的风景。

得到老子所授经法和《道德经》后，尹喜更是抛开凡尘俗事，精修至道，著书《关尹子》九篇，大力弘扬道德二经，成为道教祖师之一。后人对尹喜的思想，作了这样的概括："华章九篇入百子，经文五千诵道德。"楼观台也得到人们盛赞："关中河山百二，以终南为最胜；终南千峰耸翠，以楼观为最佳。"

穿越三千年，我和紫贝菜互相注视。这从远古走来的半野生的蔬菜啊，见证了一切渊源，浸润了许多道理，汲取了无数精华。她的叶儿，依然留有老子和尹喜之目光的温度，她的根儿，也依然延续着老子和尹喜之心灵的深度。她随风而喜，随雨而静，随遇而安，这也宛若道教，那朴素、清澈、随意的姿态里，藏着的，是深刻、坚定、隽永的内涵。懂得的人，自会悉心相握。

云雾在山岭间飘移沉浮，紫贝菜也像一盆刚刚蒸好的大米饭，将清纯的香气袭向天地。我的眼前，赫然出现了一条宽广大道，紫贝菜正跳跃其中，摇曳出幸运的光华。

吴茱萸

Evodia rutaecarpa (Juss.) Benth.

吴茱萸,芸香科吴茱萸属小乔木或灌木,性味温、辛、苦,有小毒,正确而适量地使用,可以温中下气、止痛开窍、逐邪除湿。

"万物庆西成，茱萸独擅名。房排红结小，香透夹衣轻。宿露沾犹重，朝阳照更明。长和菊花酒，高宴奉西清。"在北宋文学家、书法家徐铉的《茱萸诗》中，茱萸的风味，呼之欲出。

作为芸香科吴茱萸属小乔木或灌木，茱萸又叫吴茱萸、吴萸。唐代医药学家陈藏器说："茱萸南北总有，入药以吴地者为好，所以有吴之名也。"得到过轻言软语的吴地的熏陶，茱萸出落得俊俏大方。北宋医药学家苏颂说她"木高丈余，皮青绿色。叶似椿而阔厚，紫色。三月开红紫细花，七月、八月结实似椒子，嫩时微黄，至熟则深紫"。明代医药学家李时珍说她"枝柔而肥，叶长而皱，其实结于梢头，累累成簇而无核"。气味芳香的她，以绿树红花的经典姿态，和如同花椒子般圆润繁累的果实，构成了一幅中国画，朴素而不失灵动地舒展着，缓缓地沁入人们心田。

让茱萸变得耳熟能详的，是唐代诗人王维的《九月九日忆山东兄弟》，"独在异乡为异客，每逢佳节倍思亲。遥知兄弟登高处，遍插茱萸少一人。"王维家居蒲州，在函谷关与华山之东，因此题称"忆山东兄弟"。写这首诗时他只有17岁，大概正在长安谋取功名。这个天才少年在重阳佳节用质朴、纯实、清澈的语言将对亲人的想念写成的诗，击中了人们内心最柔软的地方。千百年来，作客他乡的人只要读到这首诗，都会产生潸然泪下的冲动。故乡何在？亲人安好？归乡之路，有多么遥远？思念之情，该如何安放？

茱萸由此更是和农历九月初九紧密相连。在《周易》的诠释中，九月初九即奇数为阳、偶数为阴、九是属阳、日月逢九、二阳相重而称为"重阳"，有"双阳、长久"的寓意。起源于战国时期的重阳，最早被战国末期楚国诗人屈原在《楚辞·远游》中提到时，是指天，不是指节日，

"集重阳入帝宫兮,造旬始而观清都",南宋学者洪兴祖的《楚辞补注》也补充得很清楚:"积阳为天,天有九重,故曰重阳。"到了魏晋时期,重阳日有了饮宴、赏菊的做法,三国时魏文帝曹丕在《九日与钟繇书》中说:"岁往月来,忽复九月九日。九为阳数,而日月并应,俗嘉其名,以为宜于长久,故以享宴高会。"

重阳被正式定为民间节日是在唐代,现代也从1989年开始将每年的这一天定为老人节。九月初九这天,人们喜欢采摘并佩戴茱萸,跟亲人一起登高望远,还常常把她挂在房前屋后,作为消灾辟邪的吉物,成为求寿祈福的象征。晋代学者周处编撰的地方风物志《风土记》说:"俗尚九月九日谓之上九,茱萸到此日气烈熟色赤,可折其房以插头,云辟恶气御冬。"古代汉族历史笔记小说集《西京杂记》也借西汉宫人贾佩兰之语说,"九月九日,佩茱萸,食蓬饵,饮菊花酒,云令人长寿"。现代电影《红高粱》的主题曲"九月九酿新酒"那豪放粗犷的句调,更是荡漾在人们的内心深处。九九重阳,酒水属阴,阴阳结合中,酿出的酒当然是极好的。

于是,茱萸也叫了"辟邪翁",被中国现存最早的药物学专著《神农本草经》列为中品,中品为臣,主养性以应人,无毒有毒,斟酌其宜,可遏病补虚羸。性味温、辛、苦的她,除了可以温中下气、止痛开窍、辛香暖肺、除湿血痹、逐风邪、开腠理之外,还有小毒。中毒者会较快发病,症状为强烈的腹痛、腹泻和视力障碍、产生错觉、毛发脱落等。轻者停药后症状会慢慢消失,重者则必须对症治疗。

有小毒,却可辟邪毒,是不是应了以毒攻毒这句话呢?

而人们对茱萸祛病辟邪、祈福求吉的神奇功效从不怀疑。西汉思想家、文学家、淮南王刘安撰写的有关物理、化学的文献《淮南万毕术》说:

"井上宜种茱萸，叶落井中，人饮其水，无瘟疫。悬其子于屋，辟鬼魅。"南朝梁时期的文学家、史学家吴均撰写的古代神话志怪小说集《续齐谐记》也记载了类似的故事：某日，汝南（现河南省驻马店市汝南县）方士费长房对他的徒弟、同是汝南人的桓景说，九月初九你家会有大灾难，你要让家人各自做好一个彩色袋子，里面装上吴茱萸，到九月初九时，你们要将吴茱萸袋缠在手臂上，登到高山上，饮下菊花酒，这个灾祸便可破解。跟随费长房学道多年的桓景深信不疑，一家人便在九月初九这天清晨遵嘱而行。傍晚回到家，发现家中的鸡犬牛羊都已逝去。全家人感慨万千，庆幸听从费长房的教导才得以安然无恙啊，茱萸的神奇也深深记入大家的脑海中。

不过，相比"辟邪翁"，我更喜欢她的"吴仙丹"的称呼。她更像一位仙气十足的女子，于娉娉袅袅之间，暗香袭人之时，霓袖飞逸，花指轻弹，邪毒和灾难再也不见，天下幸福无限。那华美和瑰丽絮然迸发的场景，生生炫疼了多少眼睛、惊艳了多少情怀啊。

所以，当金秋来临，我们要记住茱萸。在现代，她还可以治疗高血压等慢性疾病：把她的果实研成粉末，加适量白醋调匀，于夜晚睡觉前，敷于两只脚的脚心，用干净的棉布包裹固定，次日取下，连敷数日，超出正常标准的舒张压和收缩压，会一点一点地恢复正常。平衡与和谐，仍隽永如常。

这样的奇妙，是不是又令人叹为观止的？一定是的。俯仰世间，讲究的是道。道法自然，天地均安。在重阳时节，容平的光辉中，茱萸昂然挺立着，和我们一起，荣耀光华，绽放灿烂。

那时，万物清醒，敏捷欢愉。

曼德拉草

Atropa Mandragora

曼德拉草，茄科茄参属草本植物，有毒，一般情况下禁止使用。

同为"致命的茄科植物",曼德拉草基本上远离了可喜、可爱这些褒义词,而是被渲染出了诡异而可怕的气息。

据说,收割曼德拉草时,若是想连根拔起,会有一定风险,传说她的根有点像人的形状,被拔出时,会发出一种凄厉、惨烈的尖叫声,撕心裂肺,能导致听到的人或其他生物丧失性命。因此有人建议,想把她连根拔起时,最好先捂住耳朵,再用一根粗绳子将曼德拉草和一条饿狗拴在一起,在饿狗的前方放上一些美味的食物,引诱饿狗向着美食狂跑,这样就能把曼德拉草连根拔出来了。当然,那条饿狗充当了无辜的牺牲品,可能还没来得及享受美味就遭受了突如其来的厄运。

这样的画面,想想都觉得毛骨悚然。曼德拉草的声音,仿佛无异于中国少林功夫里的狮吼功,靠声音杀人于无形。曼德拉草还出现在美国魔幻电影《哈利·波特》中,男女主人公戴着耳塞、看着她、议论她时表现出来的面部表情和形体动作,都让她足够恐怖。

曼德拉草是不是真的有那种异样的使人发狂的叫声呢?我查找了很多医药学专业书籍,并没有查到肯定而统一的答案。而真正让我们应该退避三舍的,倒是她的大毒。这原产于欧洲南部和中部、地中海周围地区的茄科茄参属植物,早已用毒参茄、毒苹果、猪苹果以及阿拉伯人所说的"魔鬼的苹果""魔鬼之烛"等名字,强烈地表达着她的毒性。她每一部分都有毒,含有东莨菪碱、天仙子碱等大量毒性物质,她的毒性,常常使人心肾等功能受损,她强烈的麻醉和致幻作用,也常常让人永远无法清醒过来。因此,曼德拉草虽然也含有阿托品等可用的化学物质,但几乎无人去提取,实在是太过危险了。

甚至,连以写毒药著称的英国作家阿加莎·克里斯蒂都远离了她。

从事过护理、药剂师等工作的阿加莎·克里斯蒂以惊人的创造力、精彩的情节设计、高度精确的科学描述创作了大量侦探小说，被誉为"犯罪小说女王"，她的代表作《尼罗河上的惨案》《东方快车谋杀案》等，都广为人知。她在大多数作品中都用到毒药杀人，例如颠茄、曼陀罗、马钱子、毒芹、蓖麻等，全在她真实、严谨、专业的表达和使用中，令人耳目一新、叹为观止。然而，她从来没有提到过曼德拉草。精通毒药的阿加莎·克里斯蒂当然清楚，曼德拉草的毒副作用远远大于利用价值，在实际生活中难以把控和运用。

现实中的毒和传说中的狂，让曼德拉草更像是一股魔性力量。有人还亲眼目睹了曼德拉草的"魔力"：曼德拉草可以在黑暗中发出星星点点的光，浑身上下犹如有一盏盏神秘莫测的明灯在闪耀。她的有分叉的"人形根"，更是在远古的时光中，被宣扬成能够促使女性怀孕、男性性功能增强的神药或春药，古代巴基斯坦地区和古希腊的很多人都对此深信不疑。《圣经·旧约》"创世记"第30章第14至17节中，说到曼德拉草的特殊效果：以色列民族先祖雅各有利亚和拉结两个妻子，尽管雅各更加宠幸拉结，可是拉结却很长时间未能生育，反倒是利亚频频产子。一次，利亚的儿子流便采集到了曼德拉草，拉结便向利亚提出以利亚与雅各同床一夜的条件交换流便手中的曼德拉草。服用过曼德拉草的拉结后来果然连连生子。

这就像原产于中国的何首乌被炒作一样呢。作为蓼科何首乌属多年生缠绕性藤本植物，何首乌细长根须的末端连着黑褐色块根，肥厚并呈现出长椭圆形，也被说成是"人形根"、具备"令人有子"等功能。有人还把她的根"加工"一番，让其凹凸有致，"关键部位"格外突出或闪亮，以蛊惑人心或售得高价。实际上，何首乌不但不能治疗不孕不育症，反而还有较强毒性。虽然她有养气血、活经络、治虚症、消痈肿等作用，但要服用她，必须将她经过专业炮制并控制剂量和服用时长才行，否则，会出现腹痛腹泻、恶心呕吐、阵发性强直性痉挛、抽搐、躁动不安、呼吸麻痹等中毒症状。

这都是"根"惹的"祸"啊。生自平原的曼德拉草和生于山谷等处的何首乌，只能在岁月的长河中，遥遥相对，惺惺相惜。她们都跟人类没有关系。也没有医学类证据证明曼德拉草能够促进生育。更何况，假使曼德拉草可以治疗不孕不育症，又有谁敢轻易使用呢？

我喜欢曼德拉草的另一个称呼：风茄，喜欢看到她在《圣经·旧约》"雅歌"第7章第13节中，含蓄、安然、优雅地美着、香着、悠扬着，"风茄放香，在我们的门内有各样新陈佳美的果子；我的良人，这都是我为你存留的。"风茄，终于让曼德拉草回归了本真和自然，焕发出别样的情怀，于芸芸世间里，盛放异彩。

曼德拉草就只是一味需要人们保持距离的有毒植物啊。她的根长在地里，延伸出地面几个有褶皱而易碎的卵圆形物，伴随着类似烟草、边缘呈锯齿状的长而阔的绿叶，一起出现在人们眼中。花期到了时，她的绿叶颈部会伸出许多略显下垂的花梗，开出淡蓝色、淡紫色或粉白色的花。果实成熟时，会生成多为橙色或红色的汁液丰富的球形浆果，好似小型的西红柿。她错落有致、妍艳婀娜的模样儿，总是可以轻易地掠夺许多目光。

萤火虫就是被她深深吸引着的。夜幕降临，当这些打着灯笼的小精灵儿围绕着曼德拉草嘤嘤咛咛、闪闪烁烁的时候，却被远处张望的人们看成是曼德拉草在黑暗中熠熠生辉，害怕的念头又一次慑紧了人们的心。

所以，很少有人来赞美曼德拉草，因为，吓都吓晕了呢。

马兜铃

Aristolochia debilis Sieb. et Zucc

马兜铃，马兜铃科马兜铃属多年生缠绕性草本植物，性味辛、苦、冷，有毒，因毒性不可逆转，禁止使用。

马兜铃的漂亮,是很有韵味的。

作为马兜铃科马兜铃属多年生缠绕性草本植物,她因为成熟果实仿佛挂于马颈下的响铃而得名。宋代医药学家寇宗奭说她:"蔓生附木而上,叶脱时其实尚垂,状如马项之铃,故得名也。"

青白色的花儿,大如桃李的果儿,圆而略涩的叶儿,微香轻飘的根儿,马兜铃出落得清新玲珑。她又叫独行根、土青木香。那特立独行的姿态,风光华丽的气势,令她在自然界中脱颖而出。

但我还是被她吓到了。和她交往得越久,我受惊吓的程度越深。

她只要被人服用过,就好像变成了一个超级长久的潜伏者。哪怕服用她的人早已停药,或是当时对症下药,进行了专业治疗,有了痊愈状态,都仍然存在着患肾病的风险,不知道在未来的哪一天可能发作,又会以什么形式发作,肾炎?肾衰竭?尿毒症?还是其他?马兜铃的毒性成分主要是马兜铃酸,对肾脏的损害不可逆转。

甚至,不要指望,至少是目前暂时不要指望,马兜铃中毒会有解药。

马兜铃的肾毒性被详细披露,主要来源于一批想苗条的人。1990年,在比利时服用减肥中药"苗条丸"的人中大规模出现肾病。当时"苗条丸"上市已逾15年,之前服用者并未出现这类肾病,是在被加入名为"广防己"的中药粉之后才涌出肾病的,广防己中含有马兜铃酸。1994年和1996年,法国也发现两例与服用中药"广防己"有关的"终末期肾衰竭"案例。1997年,日本某企业在处理患者因肾损伤而引发的国际纠纷中,发现患者服用的药物中有含有马兜铃酸成分的"关木通"。而那服用"苗条丸"所致肾损害的100多例患者,到2000年有40多例进入了终末期肾衰竭接受肾移植或透析治疗,其中发现了近20例泌尿系统恶性肿瘤。

看着这些案例，想不被吓到，几乎不可能。其实，马兜铃有毒，在中国古代早有记载。例如，宋代医药学家马志在《开宝本草》中，就说马兜铃辛、苦、冷、有毒。虽然马兜铃可以清肺降气、止咳平喘、利水消肿、清热利湿、祛风止痛等，但若有相关疾病，需要用含此类功能的药物，应尽量使用替代品，尽量不要使用含马兜铃酸的内服药。

而她仍然被使用得比较多，也许因为某些作用被看中吧，例如利水清肠消肿这些，让她在促进减肥的道路上收效甚快，带来的收益也可观吧。这让我想起了西药四环素。四环素1948年问世，曾经是临床上应用得最多最广泛的广谱抗生素。而正是因为四环素，现在中国很多20世纪60年代和70年代出生的人，一辈子顶着一口既不美观又功能受损的"四环素牙"，再也回不到从前。

实际上，在20世纪50年代，有关报道和医学书上就提到过，四环素影响牙齿的发育和形成，不但使牙齿变黄、变灰暗，还会引起牙齿表面不光滑、出现小凹陷等牙釉质发育不良情况以及牙齿钙化不良、畸形、磨损、龋齿等情况。四环素对乳牙、恒牙都有影响，恒牙着色更深，受损更大，且一旦受损，便不可恢复。可惜，因为四环素抗菌效果好、见效快，当时一直使用频繁，直至20世纪70年代中期才注意到其副作用。

那时最受四环素"关照"的，是经常发烧的孩子。

然而，有时候，人们的心，也许常常说服眼睛，让其看到自己想要的结果，而忽视真理和后果。尽管，也还可以亡羊补牢，可是，谁为走失的羊负责呢？走失的羊，又何其无辜。这令人不得不想起鲁迅先生在《记念刘和珍君》中说的这句话："人类的血战前行的历史，正如煤的形成，当时用大量的木材，结果却只是一小块。""四环素牙"是算"大量的木材"？

还是算"一小块"？

马兜铃的毒性统计相继问世后，掀起了世界范围的反马兜铃酸药物的高潮，从 2000 年开始，"广防己、关木通、马兜铃等中药含有的共同致病成分马兜铃酸对肾脏有影响"取得共识，很多国家开始禁用此类药物。国际肿瘤研究机构 2009 年将马兜铃酸列为一级致癌物。

现在来看已被中国植物图谱数据库收录的有毒植物马兜铃，人们的内心不知有多么恐惧和复杂了。马兜铃科植物广防己、关木通、细辛、寻骨风、朱砂莲等，都让人避之不及，这都是些模样儿周正的花草呀，摇曳在春风中，也煞是迷人。那有名的主要成分含关木通的中成药龙胆泻肝丸，终于变得更加"有名"了。

马兜铃当然不知道这些，她兀自快活地生长着，迎风，听雨，看天地。她还有一个饶有趣味的名字："三百两银药"。明代医药学家李时珍说："岭南人用治蛊，隐其名为三百两银药。"她可以治疗中草蛊毒。北宋医药学家王怀隐、王祐等编写的《太平圣惠方》中说："此术在西凉之西及岭南。人中此毒，入咽欲死者。用兜铃苗一两，为末。温水调服一钱，即消化蛊出，神效。"

治蛊毒，也算是以毒攻毒吧。不过到了现在，应该没人敢来验证其神奇效果了。

老荫茶

Litsea coreana Levl Var. lanuginose (Migo) Yang et P. H. Huang

老荫茶,樟科木姜子属常绿乔木,性味辛、温、微苦、微寒,有小毒,正确而适量地饮用,可以生津解渴、消暑提神、祛风除湿。

夏天的时候，在热浪滚滚的重庆，我见到了老荫茶。

那模样儿，真是非常普通，不够直的灰黑色树干，椭圆形的深绿色叶儿，叶儿背面还附着一层薄白茸毛呢。只是，看到她的那一瞬间，一丝清凉，竟奇迹般地拂上面颊。

我的目光情不自禁地抚摸她。这多生长在海拔800米至2500米山区的樟科木姜子属常绿乔木，名字和样子都透着绿意，平实敦厚的"老"，清爽碧绿的"荫"，又因为富含氨基酸、矿物元素、黄酮类、多酚类、维生素、芳香油、茶碱等多种物质，她可以制成茶饮，也可以熬水用作洗浴。而只要把她的绿叶儿煎煮成水，水儿就变成了红褐色。这时候的她，是盛开的红，隐约着温柔清软，绽放出剔透晶莹。饮用这样的红，可以生津解渴、消暑提神、有效调节代谢。用这样的红洗浴，可以祛风除湿、杀菌止痒、防治痱子和青春痘。

因此，在酷热的夏日重庆，明晃晃的太阳晒得人毛焦皮燥的时候，那街边石梯坎的黄桷树下，那热气腾腾的麻辣火锅旁，老荫茶便成了人们的最爱。人们常常要么一口气喝她个两三碗，让通透舒爽瞬间传遍全身；要么在吞下各种麻辣的同时，也吞下她，让她解辣败火、去除油腻，"腥肉之食，非此茶不消"。那浓浓的火锅汤底中，常常有老荫茶的叶儿，伴着深红油亮的汤水大力翻滚着。

我也常常坐在重庆街头树荫中，感受老荫茶的魅力。老荫茶有种奇特的、略带刺激性的香味，初次喝时会像初尝凉拌鱼腥草一样不那么适应。而多喝几次之后，那种香味便熨帖起来。再迎着夏日巨酷炫风，便感觉那香味里，暗藏着挑战与安抚，挑战的是湿热的气候，以茶汤红亮的骁勇，对着漫天之"热"叫板；安抚的是身体和心灵，以茶叶苍绿的原色，荡漾着古朴的柔情。

　　慢慢品尝这样微妙而耀眼的色彩，清净、醇厚、纯实的味道便在舌尖、唇齿、心头回旋。再透过那如烟茶雾中依稀闪烁的红绿相融的微光，我仿佛看见一只美丽的鹰，从这座山城的顶部，一下子冲入云端。

　　是的，老荫茶也叫老鹰茶，很多与西南地区有关的史料都有记载。例如，清代《城口厅志》中的"又有名老鹰茶者。其色较白，不甚清香，逊于诸茶，唯煎茶入酱不变味"，1926年的《万县乡土志》中的"茶，叶粗大，色红而性寒，俗呼老鹰茶"，以及《野生经济植物志》都说到这些内容。关于老鹰茶的称呼，还有两个有趣的传说。一个是，老鹰茶强烈的芳香油气味，是蛇、鼠之类爱食幼鹰的动物害怕嗅到的，故而老鹰特别喜欢在长有老鹰茶的崖壁上筑巢，即使巢穴附近没有老鹰茶，老鹰也会从远处叼来一些老鹰茶的枝叶放在窝里，来保护巢穴和幼鹰。另一个是，老鹰茶只产于崇山峻岭之上、悬崖峭壁之侧，一般只有像老鹰那样的飞禽才能飞到树上啄食或衔叼。

　　老鹰，带给老荫茶不同凡响的力量，使她变得长久厚重，因为有老人种植过她，她还被称为老人茶。清代乾隆十一年的《犍为县志》记载："观斗山，在县东十五里。其他有寺，名老人寺，相传有老人植茶于此，树皆连抱，服之者年至百岁。今其树尚有乡人采食，名老人茶。"后来，山区里的老年人喜欢喝老鹰茶，也让老人茶声名远扬。老鹰茶大多产在岩畔和阴山，阴和荫互通，在重庆方言里，鹰、荫、阴、岩的发音相似，老鹰茶就有了老荫茶、老阴茶、老岩茶等不同称谓。

　　老荫茶就是"老"的好啊，成熟高大的她才是令人青睐的。幼小的往往茶味不足，两道水后就寡淡了。至采茶时节，人们挑的是高度至少五米的成年老荫茶，靠着木梯上树，骑在树杈间采摘。新鲜嫩滑的芽尖儿，伴着人们的笑容，姗姗而下。健硕精壮的青年和孩童，还直接爬上树采摘，两手掌扣实，两脚掌夹紧，憋足一口气，几把就可以蹿上去。爬上了树梢，便解下挂在腰间的麻绳，一头在树杈上拴紧，一头抛下地，让树下的人系牢篾篮，把篾篮拉上树，固定在树丫上，于丫枝间翻摘鲜叶。偶尔，还故意扭扭腰，把树摇得颤抖不已，把树下之人惊得尖叫不已，再得意地将满篮鲜叶吊下地，"嗦"的一声滑下树来。

那真是平实而快乐的光景，火红的日子里，交织着青绿的希望。而老荫茶也在人们的悉心编织中，展现出更多本质，她的根、茎、叶性味辛、温，入肝、肾、胃、肺、脾经，微苦微寒，不能多饮。多饮会令人咽喉肿痛、头晕失音。孕妇、婴幼儿最好禁饮。在寒冬季节，一般人也只能少量饮用，并最好饮用温热状态的。这些在1932年的《万源县志》中都有记载："老鹰茶，野产，性寒，多饮令人失声……"而且，老荫茶只能当天煮泡当天食用，隔夜和变质了的老荫茶毒素会增加，食用后会出现恶心呕吐、腹痛腹泻、皮肤瘙痒等症状，严重时会损害肝肾功能，危及生命。

懂得，让老荫茶更加安然。素净的流光中，我看到一个又一个不断闪回的炎炎烈日，一群孩童走在嘉陵江边的山路上，准备去邻乡玩耍，他们已焦渴难耐，终于，到了三岔路口，到了老荫茶旁。我听见他们发出一阵欢呼，简陋的茶棚前，盛在干净玻璃杯里、杯口盖着一块防蚊虫掉落的方形玻璃盖的老荫茶，一分钱一杯的老荫茶，呈现在我们眼前。

于是，从那时到现在，老荫茶一直鲜活地立在山的那边，宛若一只伫立的老鹰，静静地注视着那一片天空。

Poisonous Flowers

PART 5

含羞草密码

含羞草、铃兰引导的距离,是多么珍贵。如同穿过一个个安静恬淡的夜和万千岁月,终于等到隔岸的风。任风轻轻吹过,不留一丝涟漪。

雷公藤

Tripterygium wilfordii Hook. f.

雷公藤,卫矛科雷公藤属藤本灌木,性味寒、辛、苦,有大毒,经过严格而专业的炮制和加工,能够祛风除湿、活血通络、消肿止痛、杀虫解毒。

雷公藤有大毒。只是，她的毒性，竟然毒出几分趣味。

雷公藤对人、犬、猪及昆虫的毒性很强，但对羊、兔、猫、鱼都无毒性。

这真是让人觉得不可思议。人、犬、猪和羊、兔、猫、鱼，从生命本质的角度来分析，并没有什么不同。但是，作为卫矛科雷公藤属藤本灌木，生长于山地林间阴湿处的雷公藤，却用自己的眼色，区别对待不同物种，这种现象还真是科学无法解释的。

令人匪夷所思的还有，一些生灵的血可以救治雷公藤中毒，例如，新鲜的羊血或白鹅血就可以解雷公藤毒，对急性中毒12小时以内者尤为合适；把一只母鸭的血兑入新鲜广东金钱草的汁液中，再加入适量白糖调匀，给雷公藤中毒者灌服，也有救治作用。这样的复杂性，是不是体现了"一物降一物"的道理呢？

雷公藤名字的来历更是复杂，她真的好像"一半是海水、一半是火焰"。"火"的一面据说是和天庭中掌管打雷放雷的雷公有着密切关联：一是她的毒性似雷鸣，暴烈、峻猛，常以迅雷不及掩耳之势倾泻而下，令人胆战心惊；二是她连雷公都不怕，任凭雷公怎样作威作福，她都能够安然生长，不会被击倒吓歪。

"水"的一面，由雷公藤的另外一些称呼：黄藤、莽草、水莽草等，就很清楚了。她长着绿色的类似椭圆形或卵形等模样儿的叶子，花期到了的时候，那一簇簇白色或白绿色的5瓣小花儿从茎叶间伸展出来，也甚是精巧，颇为迷人。她的声名鹊起，缘于清代文学家蒲松龄《聊斋志异》中的《水莽草》。那日，一个姓祝的书生行路口渴，巧遇路旁貌美的施赠茶水的少女，这少女是因为误吃了水莽草而死去的水莽鬼，专施水莽草茶水找替身投胎转世的，"水莽，毒草也。食之，立死，即为水莽鬼。

俗传此鬼不得轮回,必再有毒死者,始代之。"祝生不明内情,一口气将茶饮下,中毒身亡变成了水莽鬼。

火性与水性的完美融合,使得性味寒、辛、苦的雷公藤异常强大,清代医药学家赵学敏在《本草纲目拾遗》中这样描绘雷公藤之毒:"采之毒鱼,凡蚌螺亦死,其性最烈,以其草烟熏蚕子则不生。"民间常用雷公藤作土农药杀虫,效果极佳。雷公藤的茎、叶、花、果、根、皮、枝等均含有毒性成分雷公藤碱等多种生物碱和毒素,春夏季节生长的雷公藤毒性比秋冬季节的要大。一般情况下,服用少量雷公藤叶、嫩芽、未经过专业炮制的根皮都会很快中毒致死,因此嫩叶、芽尖等是雷公藤身上不能入药的部分,是特别不能服用的。据说中国湖南岳阳有座长满雷公藤的"黄藤岭",有些想轻生的人常选择在春季,到"黄藤岭"找一些雷公藤嫩芽吃下,真的很快魂归西天。

雷公藤的毒,仿佛巨大的辐射团,快速而广泛地放射至人体各个系统中,例如,在消化系统,会有剧烈的腹部绞痛、呕吐、腹泻及便血、黄疸等;在心血管系统,会胸闷、心悸、发绀、心律失常、体温降低、血压下降等;在泌尿系统,会腰痛、浮肿、少尿、血尿、尿闭等;在呼吸系统,会呼吸急促、骤停及紫绀等;在神经系统,会头昏、乏力、烦躁、嗜睡、全身麻木等;在血液系统,会口鼻和皮下出血等。看看这些可怕而难受的症状,想想那些自杀的人,也真是太需要勇气。

也是自杀的人,让雷公藤的治疗作用显现出来。据传在20世纪60年代的某一天,一个被麻风病折磨得痛不欲生的青年,采集了好几把雷公藤,用水煎服一大碗,想以此了结生命,不料服后上吐下泻好几次,又昏睡了一天之后,不但没有死,反而全身轻快,病痛去了大半,竟是绝处逢生了。这个故事传到医药界，科研人员受到启发，研制试用雷公藤煎剂治疗麻风病，获得成功。

以毒攻毒，便在雷公藤身上体现得淋漓尽致。她一般是用来攻坚克难的，疑难杂症出现的地方，常常可以看见她的身影。她不仅可以治疗麻风病，还可以治疗类风湿性关节炎、强直性脊柱炎、系统性红斑狼疮、肾病综合征、银屑病、荨麻疹、湿疹、疥疮、顽癣、肿瘤等疾病，祛风除湿、活血通络、消肿止痛、杀虫解毒的作用显著。

所以，雷公藤还是让人倍感安慰的。就像那传说中的雷公不会经常打雷放雷以及《水莽草》里的祝生以鬼的身份侍奉母亲、救助其他中毒者一样，雷公藤的毒，终究有仁慈的一面。

只是，想要让她这样的强大植物派上用场，必须得极其注意分寸，要似春风化雨，慢慢细细地打动她。在这个过程中，炮制颇为关键。现在有些中药没有治疗效果，重要原因就是炮制得不好。雷公藤的炮制，需要特别讲究，用清水将她的新鲜根皮浸泡至五成透后，再洗净捞出，改以麻布包住浸润，每日淋清水 2 至 3 遍，待其全部浸润透彻，方可切成厚度约 1 至 2 毫米的马蹄状薄片，置干燥通风处阴干备用。浸泡和浸润雷公藤的时间不宜过长，以免有效成分丧失。煎煮雷公藤也要好好把控，至少要煎煮 1 小时以上，不宜超过 2 小时，过短毒性大，过长疗效降低。使用雷公藤则应从偏小剂量开始，服用 3 至 5 天后逐渐适应了，再渐渐增加至常用量，且宜饭后服用，以减少其对胃部的刺激。

是不是很麻烦呢？确实很麻烦。而这样的麻烦，是值得的。凝眸之际，经过我们之手的雷公藤就英姿飒爽地驰骋在祛病消灾的战场上了。雷公藤和我们，都足够笑傲江湖。

野芋

Colocasia antiquorum Schott et Endl.

野芋，天南星科芋属草本植物，性味辛、寒，有大毒，经过严格而专业的炮制和加工，可以解毒、止痛、消肿。

野芋有大毒，她的毒，竟非常奇妙地接着地气。

野芋毒性成分为皂素毒甙，中毒表现为咽喉发热发痒、口腔肿胀流涎、恶心呕吐、腹痛腹泻、昏迷等。若服食量不多且抢救及时，也不一定会有生命危险，但抢救方法却透出了别样味道。南朝宋齐梁时期医药学家陶弘景说："误食之烦闷垂死者，唯以土浆及粪汁、大豆汁饮之，则活矣。"西汉末期农学家氾胜之编著的农学著作《氾胜之书》记载："中野芋毒者，令人戟喉，音哑，烦闷垂死，以大豆浆解之，姜汁亦可。"东晋道教学者、炼丹家、医药学家葛洪的《肘后备急方》也说："野葛芋毒山中毒菌欲死者，并饮粪汁一升，即活。"现代对野芋中毒的处理与古代有相似之处，除了立即催吐、用1%醋酸洗胃、导泻、补液等方法之外，还可口服米醋或生姜汁。

这样一看，我们就明白野芋的地气来自哪里了。那化解野芋之毒的东西，真是太有生活气息了。只是，对于他们，不同时代的人，接受程度是不一样的。现代人能够接受大豆汁、生姜汁、米醋这本身就可以食用的解毒之物，比较难以接受土浆这地里的土熬制而成的浆液，最不能接受的是粪汁这粪便制取的汁液了。甚至，看到这两个字，都似乎感觉到一股臭味儿席卷而来，弥漫了整个天空。

这个时候，再来看古代的人儿，他们早就站在对河之岸，远远地瞧着现代的人，轻轻款款地笑起来了。用土浆和粪汁来治疗疾病，又有什么不能接受的呢？

先看土，西晋文学家张华编撰的中国第一部博物学著作《博物志》早就记载过她治病的情况："枫树生者啖之，令人笑不得止，治之，饮土浆即愈。"土儿，透出的是大地的味道，原始，本真，宽厚，踏实，来自大自然最深处。地里的土儿，还有着独特而有趣的作用，明代医药学家李时珍说:"蚂蟥入人耳,取一盆枕耳边,闻气自出。人误吞蚂蟥入腹者,酒和一、二升服,当利出。"不慎让蚂蟥进入耳朵和腹内,可把泥土枕于耳边或者配酒服用,将其驱出,真是有味的土方啊。土浆还含有矿物质、有机物、维生素等丰富而有益的成分,很多与土儿关系密切的人,常会在背井离乡却心怀不舍的时候,随身带上一把从家乡井里取来的土儿。若在异乡水土不服,便取出适量家乡之土,加清水煮沸,待土质沉淀,喝沉淀物之上的水。喝下之后,不适症状常会奇迹般地消除。

再看粪,指人屎、人粪、大便。李时珍说:"屎粪乃糟粕所化,故字从米,会意也。"粪本身就是一味药,研究中药和五代药学史的文献《日华本草》说粪可治"天行热狂热疾,中毒,蕈毒,恶疮"。粪和土,也常常相互交融,粪常常被人们兑上适量的水浇入土中,肥沃土地,让土地上的作物茁壮成长。

于是,性味辛、寒的野芋与土地有着悠远的缘分,还透着剪不断、理还乱的情愫。特别是野芋与家芋那非同一般的联系与区别,更容易令人感觉"云深不知处"。唐代医药学家陈藏器曰:"野芋生溪涧侧,非人所种者,根、叶(与芋)相似。又有天荷,亦相似而大。"氾胜之云:"凡芋三年不收,即成野芋。"陶弘景说:"野芋形叶与芋相似,芋种三年不采成梠芋,音吕,并能杀人。"

野生的和家养的,这样奇妙地交集,令人觉得趣味无穷。于是,有一年初秋,我看到朋友在地里采挖芋头时,忍不住同他们说了野芋和家芋的关系,但朋友马上提出疑问:那世界上是先有野芋还是先有家芋?最早的野芋又是怎样产生的?是在地壳运动中产生的还是原始人种的?原始人种了之后,就有两种情况了,要么是在三年之内采收,形成家芋,要么是没有采收，让她在地里长了三年或更久，变成了野芋？

一连串类似先有鸡还是先有鸡蛋，是鸡生蛋还是蛋生鸡之类的问题，让我一下子看到了呆若木鸡的模样儿，年少的光华也迅速捧住我的脸、拥进我的怀。我不禁回想起童年里和小伙伴们玩木头人游戏时唱的歌谣："我们都是木头人，不许说话不许动，不许笑。"歌谣一唱完，每一个人都要瞬间进入一动不动的木定状态，谁在木定状态中保持得最久，谁就赢得了在下一轮中独唱歌谣的权利。常常有人憋不住笑，眼里亮着璀璨星光，嘴角弯成一轮新月，稚笑打破沉默，游戏便被瓦解。这样想着，我终于从木鸡状态中走出来，我听到笑声，从天空飘到田野。我没有办法解答朋友问题，但我知道，家芋可以食用，野芋不可以食用，尤其是生品，更不能内服，否则威胁到生命，吃粪吃土，都没有用了。

而野芋和家芋的区别，就去请教有经验的老农吧，他们常常一眼就可以识别。他们说，野芋比家芋整体上要小一些、矮一点，野芋的芋头比家芋小、茎叶面比家芋粗糙、茎上的细毛和地下的根须比家芋多。

其实，作为天南星科芋属草本植物野芋的根茎（块茎）或全草，野芋也不那么可怕，她也是一味可以解毒、止痛、消肿的药，多作外用，捣汁敷或磨汁涂。李时珍说："醋摩傅虫疮恶癣。其叶捣涂毒肿初起无名者即消，亦治蜂、虿螫，涂之良。"

更有那野芋的叶子，是天然环保的小伞儿。炽烈的阳光，飘飞的细雨，摘一片野芋的叶子，便可遮挡起来了。瞧，那个时候，正在山间酣畅玩耍呢，一阵噼啪雨儿突然降临了，赶紧用两只小嫩手儿举起一大片野芋叶儿，就可以一阵风似的跑回家了。

那就是传说中像风一样的女子呀。

芫花

Daphne genkwa Sieb. et Zucc.

芫花，瑞香科瑞香属落叶灌木，性味苦、辛、温，有毒，经过严格而专业的炮制和加工，可以泻水逐饮、解毒、杀虫鱼。

芫花有毒。她的毒，有点令人头痛。

芫花的另外一些名字："毒鱼""去水""灭虫"，清楚地表达了她的毒性指向，她的根、茎、叶、花等都可以致毒鱼虫类。

芫花的根是毒鱼虫效果最强的，当然，也是芫花全株中治疗疾病最强的部分。中国现存最早的药物学专著《神农本草经》清楚地说到了她的这些作用："咳逆上气，喉鸣喘，咽肿短气，蛊毒鬼疟，疝瘕痈肿，杀虫鱼。"中国历代医家陆续汇集而成的医药学著作《名医别录》也说得明白："根：疗疥疮。可用毒鱼。"芫花能够逐水、祛痰、解毒，把芫花特别是她的根投入鱼塘田间，鱼儿虫儿便很快"呜呼"了。

"去水"，则和"毒鱼"旗鼓相当。明代医药学家李时珍说："去水言其功，毒鱼言其性。"明清间医药学家卢子颐撰写的《本草乘雅半偈》也载道："若杀虫鱼，以功能彻水，则鱼失所夫矣。故一名去水，一名毒鱼，行水之功，于此可见。"由是，"去水"除了展示芫花如唐代医药学家甄权所说的"治心腹胀满，去水气寒痰"之功效之外，还表现出和"毒鱼"同样的效果：对于鱼类，就犹如除去了令鱼儿生存的水儿一样。

至于灭虫，对芫花而言，更是轻而易举。有了芫花，田间地头基本上不需要打农药了。芫花的根、茎、叶、花等都可作农药，可把她直接投入田中，也可榨成汁液投入。芫花灭天牛虫的效果最为突出。老百姓经常直接叫她"灭虫"。

"毒鱼""去水""灭虫"，这些动词性名字，让芫花简直像电影里渲染的一些职业杀手，冷面，话少，手脚麻利，手到毒到。而且，那被毒的鱼大多是有益的、被灭的虫也不都是有害的，芫花却不加分辨，一律毒之。这个样子，可不是让人头痛么？

芫花，也真的还被称为"头痛花"。李时珍这样说她："俗人因其气恶，呼为头痛花。"因为气味不是那么好闻，让凡夫俗子感觉不那么舒服，这也确实使人头痛。实际上，这种不舒服，也是轻微中毒的表现。

细想起来，性味苦、辛、温的芫花也很无辜。虽然，她自带毒性，但是，她的毒性大爆发，一般都是人类帮她实现的，得是人把芫花投进水里田中，才可以毒鱼、去水、灭虫的。这种投掷，是出于何种目的，人类最清楚。所以，芫花被别有用心的人利用，早已变成了"理所当然"的事情。李时珍记载过此类内容："小人争斗者，取叶揉擦皮肤，辄作赤肿如被伤，以诬人。"那争斗中人，为了达到诬人之类目的，故意用芫花的叶子揉搓摩擦自己的皮肤，让皮肤红肿得好像被伤害过。芫花，被迫沦为不良工具。

其实，只要知晓芫花的，就会明白，那敢于揉搓摩擦自己皮肤的，也真是心狠胆大得超乎寻常，不但敢于狠对别人，更敢于狠对自己，几乎将个人生死置之度外。要知道，那样狂暴地接触芫花，就是在接受毒药啊。在揉搓摩擦过程中，皮肤上的毛孔会吸收芫花的毒素，揉搓摩擦又很容易让皮肤破溃出血，芫花的毒素会顺着血管更加迅速地进入体内，而且，揉搓摩擦本来就能够促进血液循环，毒素进入后更会加速毒性扩散，"诬人者"便可能比误食或过量食用芫花的人中毒更快、后果也更严重。

而芫花毒性之大，完全不可小瞧。中毒者首先出现头痛、头晕，这也恰恰和"头痛花"之名吻合，足见古代医药学家给药草儿取名客观实在，且颇具文化功底。接着，中毒者会有耳鸣、眼花、四肢疼痛等神经系统症状，伴口干、胃部烧灼感、恶心呕吐、腹痛腹泻等消化系统症状，严重时痉挛、抽搐、昏迷、呼吸衰竭，以至死亡。

这就是"聪明反被聪明误，反误了卿卿性命"啊。害人之心是不可有的，无故陷害他人的，最终都是害了自己。芫花，不能被用在侵害上，而应该被用在救助上。哪怕因为毒性大，芫花早已被《神农本草经》列为下品，但是，下品为佐、使，主治病以应地，多毒，不可久服，可除寒热邪气，破积聚，愈疾。芫花，仍然有广泛的实用价值。

懂得，善待，便会得到芫花的似水柔情。南朝宋齐梁时期医药学家陶弘景说："用当微熬。不可近眼。"李时珍曰："芫花留数年陈久者良，用时以好醋煮十数沸，去醋，以水浸一宿，晒干用，则毒灭也。或以醋炒者次之。"与芫花相处，是要讲究的：当用存留年代久的，以取得最佳疗效；醋制，以降低毒性；一般煎服剂量不要大于3克，才恰到好处；等等。芫花与其他药草儿同用时，也要避免因药物搭配使用而产生的毒副作用，可以加入大枣或粳米，一般不要加入甘草，在古籍记载的药性相反等原理中，甘草是反芫花的。如此，保持距离、用陈年者、精心炮制、控制剂量、注意配伍，芫花便宏图大展。

更何况，芫花还相貌柔美，看看北宋医药学家苏颂对她的描绘吧："宿根旧枝茎紫，长一二尺。根入土深三五寸，白色，似榆根。春生苗叶，小而尖，似杨柳枝叶。二月开紫花，颇似紫荆而作穗，又似藤花而细。"作为瑞香科瑞香属落叶灌木，芫花风姿卓然，那春风荡漾的时光里，芫花，踮着似榆树根一般灰白的根儿，扬起像杨柳叶一般青绿的枝叶，开出如紫荆花一般紫红的小花，和那一脉春光是多么相配相和啊。

看着看着，喜爱，就轻轻悄悄地从心底升起来了。哈哈，那一点头痛，早就不见了。

荨麻

Urtica cannabina L.

荨麻，荨麻科荨麻属多年生草本植物，性味辛、苦、寒，有大毒，经过严格而专业的炮制和加工，可以祛风除湿、凉血解痉。

有一种草，唐代诗人杜甫和白居易都不喜欢。

杜甫诗云："草有害于人，曾何生阻修。其毒甚蜂虿，其多弥道周。清晨步前林，江色未散忧。芒刺在我眼，焉能待高秋？霜露一沾凝，蕙叶亦难留。荷锄先童稚，日入仍讨求。转致水中央，岂无双钓舟。顽根易滋蔓，敢使依旧丘？自兹藩篱旷，更觉松竹幽。芟夷不可阙，疾恶信如仇。"这首《除草》诗，让我们看到杜甫为了感觉到"藩篱旷"和"松竹幽"，从清晨到日入，四处搜寻一种草，必除之而后快。

那么，这种连江色都感到忧愁、蕙叶都难存留的草儿，叫什么名字呢？宋代学者吴若编著的《杜工部集》在诗题下注："去薮草也，薮音潜，山韭。"后来的杜诗注家多据此解释。白居易在《送客南迁》也明确提到薮草，把她列为令他在"南中"生活恐惧困苦的14件事之一，说："飓风千里黑，薮草四时青。"和杜甫除的草一样。

真是令人苦恼的毒草。宋代学者张邦基有关她的具体记载也强化了这种苦，他所著的《墨庄漫录》中说："川峡间有一种恶草，罗生于野，土人呼为薮麻，其枝叶拂人肌肉即成疮疱，浸淫溃烂，久不能愈。"明代医药学家李时珍在《本草纲目》记载得更为详细，他把薮草叫做荨麻，不是"山韭"，他说："荨字本作薮。杜子美有除薮草诗，是也。"说她"川黔诸处甚多。其茎有刺，高二三尺。叶似花桑，或青或紫，背紫者入药。上有毛芒可畏，触人如蜂虿螫蠚，……有花无实，冒冬不凋"。

原来，杜甫和白居易讨厌的草儿是荨麻。作为荨麻科荨麻属多年生草本植物，她性味辛、苦、寒，有大毒，又叫火麻草、蝎子草、蜇人草、咬人草，遍体多刺，她茎叶上的蜇毛有毒，能蜇人。人及猪、羊、牛、马、禽、鼠等动物一旦碰上，就如蜂蜇般疼痛难忍，她的毒性使皮肤接触后立刻引起刺激性皮炎，如瘙痒、红肿、刺痛、好像严重烧伤一样。其实，荨麻蜇人畜，也相当于正当防卫，她身体上有一种表皮毛，毛端部尖锐如刺，上半部分中间是空腔，基部是由许多细胞组成的腺体，腺体分泌的蚁酸等对人畜有较强的刺激作用，人畜一旦触及，刺毛尖端便断裂，放出蚁酸，刺激皮肤产生痛痒的感觉。

据传，杀人如麻的明末农民军张献忠也领教过荨麻的厉害。那次，张献忠带兵驻守在湖北与四川交界处，某天他走出军营到山脊上大便，排完后顺手在四川境内扯了一把草，来擦臀部污物。不料他抓的是荨麻，顿时被刺，痛得直叫。他忍痛又伸手到湖北境内扯了一把草来擦。这一回，他抓的是普通的草，感觉柔软好用。张献忠便愤愤地想："早听说川人凶险，没想到连草也欺人！等我杀到那儿，定好好收拾他们。"张献忠占领四川后，果然来了一场大屠杀。

这就是传说中的一把荨麻引发的血案。荨麻之毒性也确实猛烈，李时珍说把她"捣投水中，能毒鱼"。北宋医药学家苏颂在《图经本草》中说："误服之，吐利不止。"因此，哪怕她的茎叶含有丰富的蛋白质、胡萝卜素和多种维生素、微量元素，人类也最好不要把荨麻作菜来食用。少量使用她来治疗疾病，还是高效快速，"风疹初起，以此点之，一夜皆失。""蛇毒，捣涂之。"荨麻特别适合种在庭院、果园、鱼塘周围，成为有效的防盗设施。古代有些皇室的墓穴旁边就常常种有荨麻，用来防止盗墓。据说张献忠的墓前也长满荨麻，清代学者乔松年在《萝藦亭札记》中记载："杂说中言蜀中张献忠墓生毒草，触之则肌肤赤肿，盖戾气所感。此实不然，此草名蔾草，见白居易诗。"也有川人说他是想防止盗墓。

荨麻还带来了荨麻疹这种皮肤病的命名。当然，荨麻疹不是由荨麻引起的，它的病因很复杂，它只是因为症状和被荨麻刺到的症状相似，才被命名为荨麻疹。这俗称风疹块、风团的荨麻疹的典型表现是局部或全身出现大小不等的风团，风团会逐渐蔓延，融合成片，有可能形成大疱，剧痒难忍，挠抓后皮疹增多，且越抓越痒，越抓越肿，越抓越有刺痛感，夜晚多发，可伴有发烧胸闷、恶心呕吐、腹痛腹泻、血压下降、呼吸短促等全身症状。有时，这片风团才消除，那片又长起来，反复成批发生，真似"野火烧不尽，春风吹又生"。风团持续数分钟至数小时、数天后消退、不留痕迹的，称为急性荨麻疹。若反复发作达每周至少 2 次并连续 6 周以上者称为慢性荨麻疹。

　　荨麻和荨麻疹还有一个相同点，即都和童尿有关系。如果不幸被荨麻所蜇，除了可以马上用肥皂水冲洗以求缓解之外，还可以用人尿涂抹应急，"以人溺濯之即解。"人尿即溺，最好用 10 岁以下儿童的小便。童尿咸、寒、无毒，自古以来就被列入药物，可以滋阴降火、消除瘀血、止吐衄诸血等。

　　有相同就会有趣味，"荨"字的读音也因而不同寻常。李时珍说"荨音燂"，即"寻"音。吴若说荨"音潜"。现代对荨的读法，一般按照《新华字典》里所书：在荨麻中读 qián，"前"音；在荨麻疹中读 xún，"寻"音。

　　我常常想，杜甫和白居易会把荨字读成什么音呢？他们都没有明确标示过荨的读音。想来，他们当时生活在那条件不好的蜀地，又深受荨麻之扰，也许不一定有心情来探究她读什么音，只想着直接铲除或逃离了。

毒芹

Cicuta virosa L.

毒芹，伞形科毒芹属多年生草本植物，性味辛、微温、微甘，有剧毒，禁止内服，可作外用，经过严格而专业的炮制和加工，可以杀虫、拔毒、祛瘀、止痛。

这是一种跟生长在水源充足且地势不高的水芹非常相像的草儿，但她却不像水芹那样能够入菜，相反还有着剧毒。

她叫毒芹，又名野芹菜、毒人参。这些名字一经说出，就仿佛有一股令人不寒而栗的气息，呼啸而来。

据记载，古希腊思想家、哲学家、教育家苏格拉底就是被毒芹夺去生命的。当时，他被雅典法庭以"侮辱雅典神和腐蚀雅典青年思想"的罪名判处死刑，本来有机会逃跑的他选择服毒自杀，来维护法庭的权威。他在阐述真理之后，服用了一碗毒芹汁，从容逝去。作家、学者林语堂在《论解嘲》中提到苏格拉底时说，这样的伟人之所以伟大，是他们纵然到了危难之境，依然有着不同凡人的度量。

伟人的度量，让人们记住了毒芹。而20世纪60年代某个夏天发生的凡人故事，也会强化大家的记忆。那天，某女知青入乡间茅厕，还未解决问题，便迅速提着裤子尖叫着跑了出来。原来，茅厕内蝇蛆如麻，蠕动交错，女知青一进去，各种蝇蛆就瞬间爬满了她的脚面。知青点的连长得知后，迅速差人采集几把毒芹，扔入厕坑。不到两小时，蝇蛆们便横尸茅厕了。

毒芹的剧毒由此可见一斑，她的主要毒性成分毒芹素是一种中性的树脂样物质，易溶于醇及碱性溶液中，主要含于根茎中，其他部分亦有，所以她的根茎最毒。毒芹素容易吸收，人和牲畜食之，会很快中毒而亡。毒性发作主要表现在中枢神经系统方面，致痉挛作用非常明显，还会产生头晕、恶心、呕吐、皮肤发红、面色发青、手脚发冷等症状，最后出现麻痹现象、因呼吸衰竭而亡。

因此，毒芹禁止内服，只能外用。且因毒芹的毒性，以早春和晚秋时节更大，故而有经验的人常在春秋时节采挖她，毒性最强的时候药性也最强。毒芹除了能够灭虫，还有拔毒、祛瘀、止痛等作用，用她的鲜品，以根茎入药，可以治疗急慢性骨髓炎、痛风、风湿疼痛等疾病。在欧洲，民间还把她做成软膏或浸剂，外用来治疗某些皮肤病，或作为神经痛的止痛剂等。当然，使用毒芹时必须经过严格而专业的炮制和加工，同时采取各种防护措施。例如，治疗化脓性骨髓炎时，要戴专业防护手套，用专业工具，取新鲜毒芹根茎清洗干净后，置石器内捣碎，再晾干、研成细末，加鸡蛋清调匀后敷涂疮面。

日常生活中，毒芹的危害还在于她的外形与可以食用的水芹十分相似，毒芹是伞形科毒芹属草本植物，水芹是伞形科水芹属草本植物，两者同科，又一般都生长在水沟、水田、洼地、低湿地、浅水沼泽、河流岸边等处，一不留神就容易弄错。唐代诗人杜甫就曾差点犯错，当时他困守在四川成都郊外的草堂，生活异常艰辛，往往是"残杯与冷炙，到处潜悲辛"，所以他常食各种野菜。一天，他采集了很多毒芹，误以为是水芹，正准备食用时，恰逢一位老者路过，善于辨认的老者及时制止了他，他才幸免于难。现代社会里，误把毒芹当作水芹食用的事也屡见不鲜。

实际上，毒芹和水芹的区分也不难，用两招即可。一是看一看，毒芹的茎上是毛茸茸的，而水芹没有毛；毒芹的叶子宽、短，更像家芹，而水芹的叶子和茎都是细长的。二是闻一闻，毒芹有一股臭味，而水芹没有。杜甫后来也在那位老者的指导和帮助下，完全认得水芹了，就常常"采以济饥，其利不小"，他还作诗"饭煮青泥坊底芹""香芹碧涧羹"等，来赞美水芹。

将水芹的嫩茎和叶柄炒食,确实鲜爽可口。这种高产的野生水生蔬菜含有蛋白质、脂肪、碳水化合物、膳食纤维、维生素 C、氨基酸等物质,除了有较高的食用价值,还有不错的药用价值,性味凉、甘、辛,入肺、胃经,有清热解毒、润肺利湿的功效,可用于高血压、发热感冒、呕吐腹泻、尿路感染、崩漏、水肿等的辅助治疗。

当然,在品尝美味的水芹时,千万要注意辨别,不要误食了毒芹。

商陆

Phytolacca acinosa Roxb

商陆,商陆科商陆属多年生草本植物,性味苦、寒,有毒,经过严格而专业的炮制和加工,能够逐水消肿、止咳平喘、解毒散结。

商陆，又被称为胭脂草，两个听起来很不搭界的名字。

胭脂草这个称呼，多么温柔多么美呀。那深紫色或黑色扁圆形的浆果，一串串结在全株顶端，宛若微缩的葡萄。成熟时果汁呈深红色，民间常用之当作胭脂轻轻涂抹在女孩儿的面颊。想那十里春风中，女孩儿面含胭脂露娇羞，真是人面桃花相映红。还有什么，比女孩儿的脸蛋儿更好看的呢？

而商陆这个名字一出现，这种常常野生于山脚、林间、路旁及房前屋后的草儿，便在春天里扑满了我们的眼。商陆之名的由来，基本上是以讹传讹的结果。明代医药学家李时珍说："此物能逐荡水气，故曰蓫薚。讹为商陆，又讹为当陆，北音讹为章柳。或云枝枝相值，叶叶相当，故曰当陆。或云多当陆路而生也。"

其实，性味苦、寒的商陆对于女子而言，并不相宜。她起源于《诗经·小雅·我行其野》的唱叹，常用来表达悲愤的情感。"我行其野，言采其蓫。婚姻之故，言就尔宿。尔不我畜，言归思复。"一位遭丈夫无情对待的女子，暗暗下定决心：既然你不好好待我，那我就再也不回来了。孤独无依的女子、凝然不动的蓫类植物、漫无边际的原野，铺展成画凝聚在诗中，自然界的宏大与人类的渺小、原野的寂静与人心的焦虑，形成对比和衬托，给人以强烈的震撼。其中的"蓫"，就是商陆，含有逐、被迫离开之意，这也与商陆"逐荡水气"可治疗、驱除水肿、痈肿、肿毒的功用相吻合。

或许，正是因为在冷酷无情的氛围中出现过，商陆还真是有毒。作为商陆科商陆属多年生草本植物，商陆之根的毒性最大。她的根有紫红色、白色、黄色几种，其中紫红色和黄色最有毒。商陆的根还因为呈纺锤形、和人参有点形似而被人误用或冒用，所以现代社会也出现过把商陆根当作人参食用而中毒的案例,以及利用商陆根作假牟利的违法现象。实际上,人参和商陆根区别较大,人参的横截面上没有圈印,而商陆根上有一个一个的圈印。商陆的果实也有毒,哪怕只是把果实的汁当胭脂来使用,也是不好的,因为皮肤也会吸收毒分,有破损或溃烂的皮肤尤甚。而妇人怀了孕,就更不能服用商陆了,服用了会有流产的危险。

商陆的中毒反应一般会在很短时间内出现,人先是会有体温升高、心动过速、呼吸频数、恶心呕吐、腹痛腹泻等症状,继而眩晕头痛、胡言乱语、躁动不安、神志恍惚,甚至抽搐、昏迷。若抢救及时、服用剂量不太大,那还是能够从昏迷中清醒过来的。如果是服用剂量过大、抢救也不够及时,那就会因为中枢神经麻痹、呼吸运动障碍、血压下降、心肌麻痹而亡。

由是,商陆被中国现存最早的药物学专著《神农本草经》列为"下品",就属当然尔。下品为佐、使,主治病以应地,多毒,不可久服,可除寒热邪气,破积聚,愈疾。不过,若要使用商陆来治病,须得经过严格炮制。南北朝刘宋时期医药学家雷敩的《雷公炮炙论》把商陆的炮制过程写得详细:"取花白者根,铜刀刮去皮,薄切,以东流水浸两宿,漉出,架甑蒸,以黑豆叶一重,商陆一重,如此蒸之,从午至亥,取出去豆叶,暴干到用。无豆叶,以豆代之。"

也许就是因为有毒,古代有些地方还专门在除夕夜点燃商陆,以商陆火驱邪祛毒、辞旧迎新、祈福消灾。古人相信焚烧药物,可以禳避瘟疫之害。在世界上第一部由国家正式颁布的药典即唐代医药学家苏恭(原名苏敬)等23人主持编撰的《新修本草》(又名《唐本草》)中,就有商陆"白者入药用,赤者见鬼神"的记载来指这一习俗。清代文学家吴敬梓的《丙辰除夕述怀》中,那一句"商陆火添红,屠苏酒浮碧",也让我们看到古人在除夕夜喝屠苏酒、烧商陆根的场景。一"红"一"绿"中流溢出来的光亮、鲜活,不正是蕴含着大家盼望的好光景么?

于是,有毒的商陆在众多描绘中,和着胭脂草的柔美,格外相融而有范儿了。本来,商陆就是美的,"茎秆朱红,柔枝婆娑,叶如琵琶,浅绿秀气,花序如穗,朵开素雅,浆果成串,晶莹墨紫,根如人形。"

商陆,是不容易被遗忘的。

米兰

Aglaia odorata Lour.

米兰,楝科米仔兰属常绿灌木或小乔木,性味辛、甘、平,有小毒,正确而适量地使用,可以解郁宽中、清肺安神。

"老师窗前有一棵米兰，小小的黄花藏在绿叶间，她不是为了争春才开放，默默地把芳香洒满人心田，啊，米兰……像我们亲爱的老师……我爱老师，就像爱米兰。"

这首《我爱米兰》的歌，真是我喜欢的。把老师比作米兰，自然而贴切。一位好老师，就像米兰一样，芳馨四溢，让传道、授业、解惑在爱的氛围中播撒，隽永情长。

米兰花儿盛放时，香气袭人，馥郁的芳香常常弥散到很远，优雅、安静、温馨。作为楝科米仔兰属常绿灌木或小乔木，因为气味似兰花、花儿形状像米粒、一年内多次开花，她便有了米兰、四季米兰、碎米兰、米仔兰等称呼。她喜欢温暖湿润和阳光充足的环境，多生长在低海拔山地的疏林或灌木林中深厚、疏松、肥沃的土壤中，枝叶茂密，叶色葱绿光亮，可以成为南方庭院中极好的风景树，也可以成为盆栽，陈列于客厅、书房、门廊、阳台中，舒人心身。

记得读小学的时候，我们教室窗台上就有一盆米兰，花香氤氲中，我们聆听着老师的教诲，一天天成长。课间休息时，我们的语文老师经常给米兰浇水，还用标准的普通话，把米兰的传说，娓娓道来。她说，很久以前，有一种花，在一年中一半时间会开出红色花朵，另一半时间会开出蓝色花朵。太阳升起的时候，它会绽放出火红的光彩，月光普照的时候，它笼罩着淡淡的蓝晕。伴随着日月的光辉，它始终精神奕奕地向上生长，战士出征之前都要戴上它来表现勇敢与豪情，因而它被人们赋予"勇士之花"的称号，成为勇敢与向上的代名词。有一天，人们发现它发生了变化，在同一个茎上竟然同时开出了红色与蓝色的花朵，这两色花同时闪耀在阳光下、荡漾在月光中，同样的深邃与深情。于是人们开始了关于谁才是真正的勇士之花的争论。争论旷日持久地展开的同时，战士出征时仍然会戴上这种花，有的人喜欢戴蓝色的，有的人喜欢戴红色的，两种颜色的花常常同时出现在阳光与月光下。又过了很久，人们发现这两种颜色的花全变成了金黄色，在太阳和月亮下，闪着温暖、睿智、耀眼的光。人们又有了新的争论：花儿为什么会变成皇冠般的黄色呢？是同时吸收了太阳和月亮的光辉吗？是象征着杰出和荣耀吗？战士出征的时候，更是一定会戴上它，和它一起出现在任何需要勇气、激情和智慧的地方。这种花的名字，叫做米兰花。

　　我没有想到，小小的米兰花竟有如此美妙的象征。而语文老师在讲述这个传说时，脸上流淌着瑰丽的光，宛若太阳和月亮的交辉。那一刻，我爱上了米兰，更爱语文老师。老师，就像智慧和勇敢的战士一样。

　　夏天和秋天，是米兰花开放得最为热烈的时候，我们常常跟随语文老师，看着她摘下一些花瓣儿，洗净，晒干，煮成米兰花茶，用宽大而清洁的玻璃瓶装着。她总是一边分茶给我们喝，一边微笑着对我们说："喝了米兰花茶，会更加快乐的。"

　　稚气的我们，本来就不知道忧愁的滋味，捧着米兰花茶，看着金黄色的花瓣儿在水中舞蹈，感觉更快乐了。米兰，就是快乐的使者啊。把她放在居室中，她能够有效地清除二氧化硫、一氧化碳、二氧化氮、氯气、乙醚、乙烯等不利于身心的物体，并释放出氧气，净化空气。有米兰的地方，环境是格外洁净清雅的，人在那样的环境里，自然是舒心又健康。提取米兰花的香精，制成香水或香薰，也特别受欢迎。

　　有时候，雨过天晴，我们会敞开对外的窗户，让清新湿润的空气混合着米兰的香气布满教室，那份惬意和陶醉更是无法形容。在米兰精巧模样儿的映衬下，语文老师总是温柔地注视着我们，轻轻地说："米兰长大了，你们也长大了。"

是的，米兰长大了，我们也长大了。成长，会带来各种懂得与知晓。慢慢地，我们知晓忧愁的滋味，懂得快乐的含义，也越来越深地发现了米兰的内涵。性味辛、甘、平的她，也有令人不快乐的地方，例如，她不适合体质虚寒、脾胃不和、寒湿泻泄、有过敏史的人服用，否则腹泻、腹痛、过敏等不良情况会更加严重，甚至虚脱、昏迷，有生命危险。

当然，这些使用禁忌并不影响米兰快乐的本质，她的快乐，和她的芬芳一起，从内到外地散发着。入肺、胃、肝三经的她，有着解郁宽中、清肺安神的迷人法宝，能够醒头目、止烦渴、醒酒、催生，治疗胸膈胀满不适、噎膈初起、咳嗽及头昏等症。把她的枝叶折取下来，洗净阴干，熬膏涂敷，对跌打损伤、疽疮的疗效也不错。

于是，闲暇时分，我也会泡上一杯清清的米兰花茶。于无声处细细品尝大自然恩赐之时，我会想起我的语文老师，她还会喝米兰花茶吗？

而米兰花的传说一直继续着，人们对米兰花的探讨也从未停息。勇敢与智慧的光芒，一直闪耀在每一个头戴米兰花的战士身上。"有爱，生命就会开花"，米兰的花语，浸润着无限深情。米兰，已经成为永恒。

铃兰

Convallaria Keiskei Miq.

  铃兰,百合科铃兰属多年生草本植物,性味甘、苦、温,有毒,经过严格而专业的炮制和加工,有温阳利水、活血祛风之用。

第一次见到铃兰，就喜欢了她。

好一个绿叶白花的娇小模样啊，令人瞬间神清目明。那精致、洁白的如小铃铛一样的花儿，一串连着一串，以下垂的姿态，在青绿阔大的枝叶间绽放。微风过处，清香更是四涌而起，花儿也跟着轻轻摆动，一朵随着一朵，行云流水一般，一点一点地，愉悦着我们的心灵。

难怪她叫铃兰呀，花型像铃铛，芳香似兰草，任是无人也自香，那香气还对空气中的结核杆菌、葡萄球菌、肺炎球菌等的生长繁殖有明显的抑制作用。有铃兰的地方，空气总是格外清新。作为百合科铃兰属多年生草本植物，铃兰安安静静地生长在荫凉、湿润、舒静的深谷之中，带着"君当如兰，幽谷长风"的寓意，好似君子修道立德，她的其他名字君影草、香水花、风铃草、山谷百合，也都显着她的情怀，美并雅着。

因此，哪怕铃兰全株有毒，人误食铃兰会出现厌食、流涎、恶心、呕吐、头晕、头痛、心悸等中毒症状，甚至有生命危险，都不妨碍人们喜爱她。她常常成为祝福新人的赠花和新娘手中令未婚者以抢到为殊荣的捧花。热爱鲜花且生性浪漫的法国人，对铃兰更是格外青睐。

在法国传统文化中，铃兰被视为报春花，象征着幸福和幸运。他们很早就喜欢相互赠送铃兰，来表达诚挚祝福了。1560 年 5 月 1 日，法国国王查理九世和他的母亲凯瑟琳·德·美第奇在造访法国多菲内省时，收到一位骑士从自家花园中摘下的一株代表深厚祝福的铃兰花。这淳朴的礼物，使得被各种奇珍异宝包围的查理九世有了久违的开心和感动。他决定将这份幸福感传递下去，他开始将铃兰花分送给宫廷中人，互赠铃兰之习俗即由此开始。后来，法国人又把每年 5 月 1 日的国际劳动节，也同时定为铃兰节。在他们看来，没有铃兰的五一不能称其为五一。

毒草芬芳

　　五一国际劳动节源于美国芝加哥工人于 1886 年 5 月 1 日为争取实行八小时工作制而举行的大罢工。为纪念这次取得胜利的工人运动，各国劳动者代表在 1889 年 7 月 14 日于法国巴黎开幕的大会上，将每年 5 月 1 日定为国际劳动者的共同节日。之后，每逢这一天，世界各国劳动人民常常集会、游行，以示庆祝。巴黎人游行时会特别在衣服上别上一个红三角，代表着劳动、休息、娱乐。大约从 1976 年开始，那红三角被系着红丝带的铃兰花替代。从那以后，铃兰和游行队伍，构成法国 5 月 1 日的独特的民俗画。

　　当然，喜爱铃兰的人们也不会对铃兰的毒完全忽视，他们在意铃兰的美，也懂得避开铃兰的毒。例如，他们不会无故食用她，不会沾染她的汁液；在设计和制作铃兰香水时，多用各种化学气味元素去模拟与合成铃兰香；种植铃兰也比较讲究，一般情况下把她单独种植。时尚消费品牌迪奥的创始人、法国服装设计师克里斯汀·迪奥就与铃兰相处得恰到好处。童年时，他的住所里种有大片铃兰，让他始终情系铃兰。创立迪奥品牌后，他将记忆深处的铃兰调出来，巧妙地设计了铃兰花系列连衣裙，令温婉、幽静、典雅的铃兰气息弥漫在五月微风中。

　　而性味甘、苦、温的铃兰，毒性也确实大，就连保存她新鲜花叶的清水都会沾染上一定数量的铃兰毒素。她毒性最大的部分是果实、叶茎，毒性成分主要是铃兰毒甙。她的毒，既影响人类，又影响其他一些动物，例如猫、鸽子等，还影响其他一些花草，例如：和水仙养在一起，容易两败俱伤；和丁香养在一起，容易导致丁香枯萎。

　　虽然，石蒜科水仙属草本植物水仙和木犀科丁香属落叶灌木或小乔木丁香也是部分有毒的：水仙毒性主要集中在鳞茎里，汁液、花粉也有毒，有毒物质多为石蒜碱、多花水仙碱等多种生物碱，牛羊误食会立即出现身体痉挛、瞳孔放大、暴泻等症状，人误食会出现严重呕吐、水样腹泻、腹痛、眩晕、恶心等症状，严重时会危及生命；丁香的根有毒，误食会产生恶心、眩晕等不良症状。但是，她们的毒在铃兰面前，似乎就是"小巫见大巫"。而且，当丁香还没有被铃兰影响至完全枯萎时，把她从铃兰身边移开，剪去枯烂部分，另外选择适宜之地栽种，她就又会慢慢恢复生机。

花草之间，这说不清、道不明的关系，真是奇妙有趣呀。铃兰，依旧兀自盛开，依然始终走心，她可以带给人们心灵上的镇静和安宁，在她强心温阳、活血祛风、利水消肿等作用中，最为出名的就是治疗心脏疾患的功效。她的果实、根茎、花朵经过洗净、晒干、专业炮制和处理等程序后，可以成为充血性心力衰竭、心房纤颤、阵发性心动过速等病症的治疗用药。正如她全株都有毒一样，她也全株都有用。

所以，铃兰，真似不负如来不负卿，美好在自己的品性里，温柔在人们的目光中，总如我们初见她时的模样。

玛咖

Lepidium meyenii Walp.

玛咖，十字花科独行菜属草本植物，性味辛、辣，有小毒，正确而适量地使用，有一定滋补效果。

第一次听到"玛咖"这个词儿，是在泸沽湖。一位摩梭女子，以独特的语音向我说起。

细细地听，轻轻地读，玛，咖，真是有着非常的洋气，仿佛一股糯软、清香的味儿，扑面而来。

但是，在泸沽湖见到玛咖实物时，却只感觉到她外形的普通了。她的叶子像青蒿，长在地面上。她的根像萝卜，埋在土地里。原来，她是原产于南美安第斯山脉的植物，是人畜都可以食用的普通蔬菜，和萝卜属于同一个科，根的形态与圆萝卜也很相似。

而令人惊奇的是，她却被宣传成了补肾壮阳的植物"伟哥"。在泸沽湖很多商店里，甚至还张贴着令人面红耳赤的广告语。在这样的广告牌下，一些商人面不改色、言之凿凿地反复宣扬着玛咖的"独特"功能，说她身价远超名贵中药材，要购买，得300元人民币一斤。

真的有那么神奇吗？我问当地摩梭人，他们先是笑而不语，然后回答说，别想那么多，想吃则适量地吃，就好了。

通俗简单的回答，才是让人豁然开朗的。玛咖是纳西话的读法，翻译成汉语为"吃了不累的果儿"。在《东巴经》里，玛咖被称为"天根"，东巴文中的象形文字也与玛咖的样子十分相似。相传，在远古时期，人类被自然惩罚，洪水滔天，人类的一个祖先存活下来。他问东巴神："我想要繁衍人类，应该怎么办呢？"东巴神便指示他去娶天女。人类与天女成亲后，天神赏赐给了他们许多农作物，其中一个叫"天根"，即"玛咖"，这也是天神自己吃的东西。天女和人类把玛咖带到了凡间种植，人类便开始食用玛咖。

作为十字花科独行菜属草本植物，玛咖性味辛、辣，她含有蛋白质、碳水化合物、天然活性成分和丰富的锌、钙、铁等矿物质以及维生素 C、B_1、B_2 等，确实可以使人精力充沛，帮助人调节激素水平，提升免疫力，在改善内分泌方面有一定效果。但是，对于玛咖在提升性功能方面的作用，目前学术界尚未研究清楚。而且，过量食用玛咖，还可能出现甲状腺肿大、口唇或咽喉痒痛肿胀、鼻塞流涕、恶心呕吐、皮肤红肿、关节僵硬、吞咽和呼吸困难等一系列不良症状，甚至昏迷休克、危及生命。未成年人、孕妇、哺乳期妇女、甲状腺疾病患者更是不适宜食用玛咖。

所以，不要弄得那么复杂，能吃和想吃的时候，则适量地吃，才是对待玛咖的最好态度。自然界万物的相处之道，以自然、简单、和谐为贵。坐在摩梭人幽静的祖屋里，我细嗅玛咖的根，新鲜的和晒干的，都有一股来自泥土深处的味道，浓烈、厚重。玛咖的根分为白、黄、紫、黑四种颜色，颜色越深表示品质越好、含有的有效成分越多。紫色玛咖是较为稀少的，黑色玛咖则更为珍贵罕见，是玛咖品种中的极品。

我看着摩梭女子把玛咖晒干的根切片、泡茶、煮汤，把新鲜的根和新鲜的叶子做成家常菜，炒食、凉拌、开汤。在慢慢品尝的过程中，我发现玛咖的味道朴素，和她的形体一样普通，而摩梭人做菜也简单，基本上不放什么调料，没有色香味俱全的概念。朴素和简单，在玛咖这里巧妙融合。

想来，生长在高海拔地带的生命，更不容易被污染，更靠近阳光，付出和承载的更加厚重，也更加接近本能，才会有那样的朴素和简单吧。摩梭人大多身板硬朗、肤色黝黑，那玛咖根，也坚硬朴茂，能够提供较多热能，有一定的滋补效果，应该都得益于高海拔地区充裕阳光的沐浴吧。

走出摩梭人的祖屋，走出泸沽湖，我没有带走一棵玛咖，我让玛咖的形象和味道在脑海里盘桓。这样朴茂无华的植物，是应该在那高高的地方，和热烈的阳光相依相伴的。

含羞草

Mimosa pudica L.

含羞草，豆科含羞草属多年生草本或亚灌木，性味甘、涩、寒，有小毒，正确对待之，可以发挥其感应气候的本领和清热止咳、利湿通络、和胃消积的功能。

人们的心中，大多对含羞草寄予了一些美好的情感，比如羞涩和爱情。

羞涩，这样一份纤细敏感的情怀，常常在细水长流中，小心翼翼地绽放光辉，宛若羞答答的玫瑰，静悄悄地开，低调，内敛，规矩。羞涩和爱情在一起，最令人心动。

因此，含羞草又叫知羞草、怕羞草、怕丑草，好似豆蔻年华的女孩儿，情窦初开，纯净绽放。她真的是伴着爱情而来的，相传当年虞舜南巡仓梧而死，他的两位妃子娥皇、女英遍寻湘江，终未寻见，便终日恸哭，泪尽滴血，血尽而死，逐为其神。后来，人们发现她们的精灵与虞舜的"合二为一"，变成了低柔生长的含羞草。所以，含羞草的一个不常用的名字：望江南，大约是最能代表娥皇、女英那望穿秋水一般的爱情的。唐代诗人韦庄的《合欢》也记述了这段情谊："虞舜南巡去不归，二妃相誓死江湄。空留万古得魂在，结作双葩合一枝。"

真是令人疼惜。

不过，在那令人心疼的情愫里，含羞草那一低头的温柔，那不胜凉风的娇羞，透露的信息却是拒绝。她拒绝人们去随意触碰她，那一碰即闭的清软，不容随便享受。作为豆科含羞草属多年生草本或亚灌木，含羞草性味甘、涩、寒，有小毒，她含有的含羞草碱是一种毒性氨基酸，结构与酪氨酸相似，其毒性作用的产生是由于抑制了利用酪氨酸的酶系统，或代替了某些重要蛋白质中的酪氨酸。人类食入含羞草碱，可致头发和眉毛稀疏并脱落等类似麻风病患者的面部症状以及白内障、呼吸道感染等病症的产生。其他动物食之，可致脱毛、生长停滞。孩童就更不能食用含羞草了，也不能用嫩嫩的小手去拨弄她，否则，不但会出现上述症状，还会皮肤过敏。

所以，当含羞草出现在眼前，就规矩地观赏吧。一阵风儿吹过，她枝头上秀丽细密的小叶儿，更见风致了；她淡红色的像小绒球一样的小花儿，也仿佛轻轻地扑上了我们的面颊，晕出绯红一片。不要想着和含羞草零距离。含羞草是跟着爱情一起成长的，而爱情，是神圣的，是要付出代价的。

若是真的不舍含羞草，那就学会与她和平共处吧。要知道，大凡羞怯的，都特别敏感。敏感，是一份值得珍惜的品质。敏感者，更能体会纤细入微的情感，更能关注他人的感受，更能接受外界的信息，从而更加善解人意、令人舒适。含羞草就是这样，对细微的变化特别敏锐，她也因此得名：感应草。她就像上天派到凡间的天使，能够感应天气变化。她的叶子开合速度的快慢，间接地反映了空气中的湿度大小，可以作为天气预报的参考。如果用工具触摸一下含羞草，她的叶子很快闭合起来，张开时又很缓慢，说明天气会转晴；如果触摸含羞草时，她的叶子收缩得慢，下垂迟缓，甚至稍一闭合又重新张开，说明天气将由晴转阴或者快要下雨了。研究还发现，含羞草的叶子一般是白天张开、夜晚合闭，如果含羞草叶子出现白天合闭、夜晚张开的现象，便是发生地震的先兆。据地震学家说，在强烈地震发生的几小时前，含羞草的叶子会突然萎缩，然后枯萎。

真是很奇妙啊。这貌似柔弱、看似可以低到尘埃的花草儿，实则早已高若天庭，可以通晓天地的语言。而她的这些特殊本领，也是适应外界环境、保护自己的一种方式。当第一滴雨打着含羞草的叶子时，她立即将叶子闭合、使叶柄下垂，以躲避狂风暴雨的伤害。当第一次被动物稍稍触碰，她就马上合拢叶子，动物也就不敢再吃她了。

就这样，含羞草宁心静气地修炼着，既保持独特的个性，又与大自然相融相和，慢慢磨砺出坚定安宁的特质。她用智慧帮助懂她、爱她、敬她的人，她会把自己安定心神、清热解毒、止咳化痰、利湿通络、和胃消积的功能发挥出来，用在失眠吐泻、小儿疳积、目赤肿痛、深部脓肿、咳嗽痰喘、风湿关节痛等症的治疗上。她还会贡献出新鲜叶子，任专业人士捣烂外敷，去治疗跌打损伤。

于是，得到含羞草的指引和关怀，是多么幸福。如同穿过一个个安静恬淡的夜和万千岁月，终于牵到了心仪之人的手。深情相视，含羞一笑，那牵上的手，便永远不会再放开。